JN434801

티보가家 사람들

5

로제 마르탱 뒤 가르

티보가 사람들

라 소렐리나
La Sorellina

정지영 옮김

민음

일러두기

· 이 책은 갈리마르 출판사에서 펴낸 Bibliothèque de la Pléiade판의 로제 마르탱 뒤 가르 전집 I, II(1955)에 실린 *Les Thibault*를 번역한 것이다.
·「티보가 사람들」은 총 여덟 작품으로 이루어진 대하소설이다. 이 책『티보가 사람들—라 소렐리나』는 그중 다섯 번째 작품이다.
· 주는 모두 옮긴이의 주이다.

차례

라 소렐리나

1 비서 샬르 씨, 티보 씨의 병상에서/병환이 더해가는 것을 눈치챈 그는 유언장에서 자신이 누락되지 않기를 간청하다 7
2 이미 자신이 끝장난 것으로 믿었던 티보 씨가 앙투안 덕분에 자신감을 얻어 감동적인 임종의 광경을 연출하다 20
3 그는 유모와 하녀들에게 엄숙하게 이별을 고하다 40
4 앙투안, 자리쿠르를 통해 동생의 행방을 알게 되다. 자리쿠르, 외국에서 발간되는 잡지에 기고된 자크의 소설 「라 소렐리나」를 앙투안에게 전달하다 46
5 앙투안, 「라 소렐리나」를 읽고 자크가 가출한 여러 이유를 알아내다 65
6 스위스에 있는 자크의 주소를 알아낸 앙투안, 동생을 찾으러 갈 것을 결심하다 104
7 로잔에서 두 형제의 대면 112
8 점심 식사/자크와 레이에의 대화 133
9 삼 년 동안 자크가 지내온 몇 가지 생활상/반네드의 방문 142
10 자크, 형에게 가출하기 전날 밤 자리쿠르를 찾아갔던 일을 이야기하다 158
11 소피아의 등장 174
12 로잔 출발/자크의 아리송한 고백 181

작품 해설 189

티보가 사람들

1부 회색 노트
2부 소년원
3부 아름다운 계절
4부 진찰
5부 라 소렐리나
6부 아버지의 죽음
7부 1914년 여름(3권)
8부 에필로그

부록 회상

1

"안 된다고 답장해!" 눈을 감은 채 티보 씨가 소리쳤다. 그는 기침을 했다. 소위 천식이라 불리는 마른기침을 하곤 했는데, 그럴 때마다 베개 속에 파묻힌 머리가 조금씩 움직였다.

접이식 테이블을 향해 창 앞에 앉은 샬르 씨는 벌써 두시가 넘었는데 아침 우편물들의 봉투를 자르고 있었다.

이날 티보 씨는 하나밖에 남지 않은 신장의 상태가 매우 나쁜 데다가 통증이 계속되어서 오전에는 비서를 접견할 수 없었다. 결국 정오가 되자 세린 수녀는 억지로 구실을 만들어, 보통 저녁때야 놓던 진정제 주사를 놓아줄 결심을 했다. 고통은 거의 즉시 사라졌다. 그러나 시간관념이 없어진 티보 씨는 편지를 읽게 하려고 샬르 씨가 점심을 끝내고 돌아오기를 안절부절못하면서 기다리고 있었던 것이다.

"다음은?" 하고 티보 씨가 물었다.

샬르 씨는 한 통의 편지를 훑어보았다.

"아프리카 수비대 하사 펠리시엥 오브리가… 크루이 소년원의 감시인으로 일하고 싶답니다."

"**소년원**이라고? **감옥**은 싫대? …그건 쓰레기통에 버려. 다음은?"

"네? 감옥은 싫대라니요?" 샬르 씨가 낮은 목소리로 반문했다. 그는 더 이상 알려고 하지 않고 안경을 고쳐 쓴 다음 급히 다른 봉투를 뜯었다.

"빌뇌브 주벵 사제관에서… 심심한 사의… 어떤 학생 일로 보낸 감사 편지인데… 별것 아닙니다."

"별것 아니라고? 아니야, 읽어봐, 샬르."

"이사장님,

저의 성스러운 직무 덕분에 저는 지금 매우 즐거운 의무를 완수할 기회를 얻었습니다. 저는 신도인 베리에 부인의 청에 따라 이사장님께 심심한 사의를…"

"큰 소리로 읽게!" 티보 씨가 말했다.

"…부인의 아드님인 알렉시스를 위해 크루이 소년원이 베풀어준 훌륭한 교육의 결과에 대해 심심한 사의를 표명하는 바입니다. 사 년 전 이사장님께서 이 소년을 '오스카르 티보 재단'에 받아들이기로 해주셨을 때만 해도 저희는 이 소년에 대해 완전히 절망하고 있었습니다. 사악한 성품, 탈선 행위, 천성적인 난폭함 등은 그 아이의 장래를 심히 걱정스럽게 했었습니다. 그러나 이사장님께서는 삼 년 만에 기적을 이루셨습니다. 소년이 가정의 품으로 돌아온 지 벌써 아홉 달이 넘었습니다. 소년의 어머니, 누이들, 동네 사람들, 그리고 저 자신과 소년의 직업 훈련을 맡은 목수 줄 비노 씨도 한결같이 그의 온화함, 근면성, 신앙의 의무를 다하고자 하는 열의를 칭찬하고 있습니다.

이 같은 정신 개조 사업이 번창할 수 있도록 주님의 은총이 함께하시기를 빌며, 동시에 성 뱅상 드 폴*의 자비심과 헌신을 몸소 보여주신 이사장님께 다시금 마음으로부터 경의를 표하는 바입니다. 사제 J. 퀴멜"

티보 씨는 여전히 눈을 감고 있었다. 그러나 그의 짧은 턱수염은 떨리고 있었다. 몸이 약해진 노인은 작은 일에도 감동하곤 했다. "훌륭한 편지야, 샬르 씨" 하고 노인은 감동을 억누르며 말했다. "내년 홍보지에 실릴 가치가 있다고 생각하지 않나? 적당한 시기에 내가 기억할 수 있도록 해주게. 다음은?"

"내무부 교도과矯導課."

"허허…."

"아니, 그저 인쇄물입니다…. 그냥 형식적인 거군요…. 뭐가 뭔지 알 수 없는."

세린 수녀가 문을 살짝 열었다. 티보 씨는 기분 나쁜 듯 투덜거렸다.

"이것부터 끝내고!"

세린 수녀는 무리하게 권하지 않았다. 그녀는 방으로 들어와 좀 시무룩한 얼굴로 그녀가 병원 냄새라고 부르는 냄새를 없애기 위해 환자의 방에서 태우는 석탄불 속에 장작을 넣었다. 그러고는 방을 나가버렸다.

"다음은?"

"프랑스 학사원. 27일자 집회…"

"더 큰 소리로. 다음은?"

"교구 사업 최고위원회. 십일월 23일과 30일자 집회. 십이

* 자비, 공경, 헌신의 미덕으로 오늘날 성인으로 공경받는 17세기 가톨릭 신부.

월…"

"보프르몽 신부한테 편지를 써서 23일에는 참석하지 못한다고 전해주게… 아니 30일도." 노인은 잠시 망설이다가 덧붙였다. "십이월 것은 비망록에 적어두게…. 다음은?"

"이게 전부입니다. 나머지는… 교구 구제회의 기부… 그리고 명함들… 어제 이런 분들이 오셨습니다. 뉘세 신부님, 『르뷔 데 되 몽드』*의 총무 뤼도비크 로이 씨, 게리강 장군… 오늘 아침에는 상원 부의장께서 용태를 여쭤보러 사람을 보내셨습니다. 그리고 교구 사업 단체의 서류… 신문 등입니다."

방문이 활짝 열렸다. 세린 수녀가 이번에는 쟁반 위에 김이 나는 찜질약을 가지고 왔다.

샬르 씨는 두 눈을 내리깐 채 구두 소리가 나지 않게 발끝으로 걸어서 물러갔다.

세린 수녀는 벌써 이불을 걷어 올렸다. 이 찜질약은 이틀 전부터 그녀에게는 골칫거리였다. 사실 이 찜질약이 어느 정도 통증을 완화시켜 주기는 했으나 기능이 저하된 기관에는 기대한 만큼의 효과가 없었다. 그래서 티보 씨는 싫어했다. 그러나 그녀는 서둘러 다시 찜질을 할 필요가 있었다.

찜질이 끝나자 노인은 좀 편해졌다. 그러나 이런 치료는 티보 씨를 훨씬 피곤하게 만들었다. 시계가 이제 막 세시 반을 알렸다. 이렇게 하다가는 저녁때가 되어도 호전될 것 같지 않았다. 모르핀의 효과도 점차 줄어들기 시작했다. 다섯시에 있을

* '두 세계의 잡지'라는 뜻.

관장 요법까지는 아직 한 시간 이상이 남아 있었다. 세린 수녀는 환자의 마음을 풀어주기 위해 묘안을 짜내어 샬르 씨를 다시 오게 했다.

샬르 씨는 조심스럽게 다시 창가 자리로 돌아왔다.

그는 불안해하고 있었다. 복도에서 마주친 뚱뚱보 클로틸드가 그의 귀에 속삭였다. "이것 봐요, 이번 주에 들어 주인님께서는 훨씬 달라지셨어요!" 샬르 씨가 얼떨떨해하며 뚫어지게 바라보자 그녀는 샬르 씨의 팔에 손을 얹고는 이렇게 말했다. "샬르 씨, 그 병은 좀처럼 낫기 힘들대요!"

티보 씨는 꼼짝도 않고 숨을 몰아쉬면서 신음하는 소리를 냈다. 이것은 그가 늘 하는 버릇으로, 괴로워서 그러는 것은 아니었다. 오히려 그렇게 몸을 쭉 펴고 누우면 긴장이 풀리는 것 같았다. 그러면서도 고통이 또 올 것을 생각하면 그대로 잠들고 싶었다. 비서가 있는 것이 방해가 되었다.

그는 눈꺼풀을 치켜떴다. 그리고 수심에 잠긴 시선으로 창밖을 바라보았다.

"기다려봤자 시간 낭비야, 샬르. 오늘 밤은 도저히 일을 못하겠어. 이것 봐…." 그는 두 팔을 들어보이려 했다. "나는 이미 끝난 사람이야."

샬르 씨는 모르는 척할 수가 없었다.

"벌써!" 하고 샬르 씨는 찔끔 놀라며 큰 소리를 질렀다.

티보 씨도 놀라 고개를 돌렸다. 비웃는 듯한 빛이 얼핏 눈썹 사이로 번뜩였다.

"자네도 알잖나? 하루하루 기력이 빠진다니까" 하며 그는 한숨지었다. "헛된 희망을 가져도 소용없어. 어차피 죽을 바에는 빨리 죽고 싶으니까."

"돌아가신다는 말씀이세요?" 샬르 씨가 두 손을 마주 잡으며 말했다.

티보 씨는 농으로 말했다.

"그래, 죽는 거야!" 그는 위협적인 말투로 내뱉었다. 노인은 번쩍 두 눈을 떴다가 다시 감았다.

화석같이 굳어서 샬르 씨는 무기력하고 부어오른 티보 씨의 얼굴, 이미 산송장 같은 그의 얼굴을 바라보고 있었다. 그러면 역시 클로틸드의 말이 옳았던가? 그렇다면 자신은? …자기의 노후의 모습이 떠올랐다. 빈곤….

있는 용기를 다 발휘할 때마다 그러하듯이 그는 떨기 시작했다. 그리고 소리도 내지 않고 의자에서 살며시 일어났다.

"이것 봐. 안식 이외에는 그 어떤 희망도 없는 때가 다가오고 있어" 하고 잠들려 하면서 티보 씨가 중얼거렸다. "기독교인은 죽음을 두려워해서는 안 돼."

눈을 감은 채 노인은 머릿속에서 울리는 자기 말의 메아리에 귀를 기울였다. 그러나 가까이에서 샬르 씨의 목소리를 듣고 노인은 소스라치게 놀랐다.

"그렇습니다! 죽음은 두려울 것이 없습죠!" 샬르 씨는 지나친 말을 했나 하고 덜컥 겁이 났다. 그리고 이렇게 중얼거렸다. "저도 만일 어머니가 돌아가신다 해도…." 목이 메는 듯 그는 입을 다물어버렸다.

샬르 씨는 얼마 전에 해넣은 틀니 때문에 말하는 데 어려움을 느꼈다. 그 틀니는 남프랑스의 어느 치과 진료소에서 주최한 현상에 당선되어 경품으로 받은 것이었다. 그 진료소의 특

색은 통신 방법으로 치료를 하는 것인데, 환자가 보내준 치아의 모양에 따라 틀니를 만들었다. 샬르 씨는 식사 때라든가 좀 길게 대화를 할 때는 의치를 빼놓지만, 보통 때는 이 의치로 만족했던 것이다. 재채기를 하는 척하면서 살짝 틀니를 빼어 손수건에 싸는 그의 솜씨는 일품이었다. 그는 이번에도 그렇게 했다.

입속이 가벼워지자 샬르 씨는 신이 나서 수다를 떨기 시작했다.

“저도 만일 어머니가 돌아가신다 해도 별로 놀라지 않을 것입니다. 겁을 먹는다고 해서 무슨 소용이 있겠습니까? 그저 저렇게 양로원에 있어주면 우리들은 안심이지요. 그런데 아주 어린애가 되어버리셔서. 바로 그게 매력이라고나 할까….”

이렇게 말하고 그는 입을 다물었다. 이야기를 어떻게 끌어가야 할지 궁리하고 있었다.

“우리라고 말씀드렸는데, 실은 저는 혼자 살지 않습니다. 혹시 이사장님께서는 알고 계시는지요? 알린이 같이 있답니다…. 어머니가 옛날에 데리고 있던 알린 말입니다…. 거기에 그녀의 조카딸 데데트라는 어린 계집애도 같이 있지요. 그날 밤에 앙투안 도련님이 수술을 해주신…. 그렇지요.” 그는 미소를 띠면서 말을 계속했다. 그 미소에는 갑자기 아주 미묘한 애정이 보였다. “그 애는 저희하고 같이 살면서 ‘쥘 큰아버지’라고 불러준답니다. 그저 습관이지요…. 물론 저는 그 애의 큰아버지는 아닙니다. 참 우스운 일입니다만….”

미소가 사라지더니 그의 얼굴에 어두운 그림자가 감돌았다. 그는 갑자기 귀에 거슬리는 말투로 이렇게 말했다.

"세 식구가 되니까 여러 가지로 지출이 꽤 많답니다!"

샬르 씨는 무언가 황급히 노인에게 알릴 것이 있는 듯, 보통 때와는 달리 거리낌 없이 바싹 침대 옆으로 걸어갔다. 그러면서 되도록 티보 씨 쪽을 보는 것을 피했다. 그의 갑작스런 태도에 놀라 티보 씨는 아직 눈을 완전히 감지 못한 채 그를 살펴보고 있었다. 은밀한 속셈이 감돌고 있는 것 같은, 확실히 앞뒤가 들어맞지 않는 그의 말 속에서 노인은 뭔가 심상치 않은 불안한 빛을 감지하고는 잠이나 청해볼까 하던 생각을 그만두었다.

갑자기 샬르 씨는 뒤로 물러났다. 방 안을 왔다 갔다 걷기 시작했다. 구두 뒤창의 가죽 소리가 울려왔다. 그러나 그는 그런 것을 아랑곳하지 않았다.

샬르 씨는 거친 태도로 말을 계속했다.

"저도 죽음 같은 것은 무섭지 않습니다! 그것은 결국 하느님이 하시는 일이니까요…. 그러나 산다는 것! 아, 산다는 것이 두려운 겁니다! 나이를 먹는다는 것 말입니다!" 그는 발뒤꿈치로 몸을 홱 돌리고는 중얼거렸다. "무슨 말이냐고요?" 하고 질문하듯 웅얼거리고는 다시 말을 이었다. "저도 일만 프랑 저금이 있었습니다. 어느 날 밤에 그것을 양로원에 가져갔지요. 자, 여기 일만 프랑, 그리고 어머니를 모시고 왔으니까, 자, 받으십시오…. 이 액수는 그들이 요구하는 입회금이었으니까요. 이런 일은 있어서는 안 되겠지만… 그러고 나야 안심이 됩니다. 이건 사실입니다. 하지만 일만 프랑이란 액수를! 모두 쓸어넣었지요…. 데데트 말입니까? 그렇다고 해서 뭐 번 돈도 없고, 아무것도 없습니다.(실은 아무것도 없는 것보다 더했지요. 알린 할머니께 벌써 이천 프랑 빚이 있으니까요. 할머니의 그 쌈짓

돈을 말이에요. 저희 집안 살림 때문이지요. 어떻게든 살아보려고….) 저, 계산을 해보지요. 여기서 받는 것이 매달 사백 프랑, 뭐 큰돈도 아니지요. 세 식구. 애 때문에 쓸 것은 모두 써야 되고. 벌이를 하러 내보내기는 했습니다만. 버는 것보다 쓰는 것이 더 많아요…. 하지만 솔직히 말씀드리면, 아낄 대로 아끼며 지낸답니다. 신문마저도 묵은 걸 사서 읽고 있으니까…" 그의 목소리는 떨렸다. "묵은 신문 보는 것까지 말씀드려서 결례가 됐다면 용서하십시오. 그러나 기독교 세상이 온 지 벌써 이천 년, 뭐 문명이니 뭐니 말하면서도 이럴 수 있다니…."

티보 씨는 조용히 손을 움직였다. 그러나 샬르 씨는 침대 쪽을 감히 볼 엄두를 내지 못하고 있었다. 그는 말을 계속했다.

"사백 프랑의 수입마저 없었더라면 저희들은 어떻게 되었겠습니까?" 그러고는 창 쪽으로 몸을 반쯤 돌리고 마치 환청을 듣기라도 한 듯이 머리를 들었다. "그렇지요, 유산이라도 굴러 들어오지 않는 한?" 하고 그는 무슨 큰 발견이라도 한 듯이 목소리를 높였다. 그러고는 눈살을 찌푸리며 말했다. "세상이 다 아는 일이지만! 연간 사천팔백 프랑이면 세 식구가 정말 빠듯하지요. 아무튼 얼마쯤의 재산이나마 하느님께서 우리에게 주시리라고 생각합니다. 인자하신 하느님이시니까요! 그럼요. 하느님께선 우리에게 적으나마 주시겠지요. 인자하신 하느님…."

그는 손수건을 꺼내어 마치 초인적인 노력을 기울이기라도 한 것처럼 이마의 땀을 닦았다.

"믿음을 가져라, 항상 들어오던 말이지요. 생 로슈의 사제들이 하는 말씀, '믿음을 가져라, 너를 지켜주시는 분이 계시니라…' 지켜주시는 분이 없는 것은 아니지요. 저도 인정합니다. 저 또한 지켜주시는 분이 계시겠지요. 믿음은 저 자신도 가지기를 원하는 것입니다. 하지만 그보다 먼저 유산이 있어야… 얼마 안 되는 재산이라도…."

샬르 씨는 티보 씨 곁에서 걸음을 멈추었다. 그러나 여전히 티보 씨를 바라보는 것을 피했다.

"믿음을 가져라" 하고 그는 낮은 소리로 말했다. "그것은 틀림없다고 생각하지만… 만일 저에게 확신이 있다면 말입니다!"

길들여진 새와 같은 시선으로 그는 조금씩 노인 쪽을 바라보았다. 그는 노인의 얼굴을 흘끗 보더니 다시 노인의 감긴 눈과 꼼짝도 않고 있는 이마를 주시했다. 시선을 딴 곳으로 돌렸다가 다시 노인의 이마 쪽으로 향했다. 마지막에는 마치 끈끈이로 붙인 듯 물끄러미 어느 한 점을 보면서 움직이지 않았다. 해가 지기 시작했다. 티보 씨는 눈꺼풀을 치켜들었다. 샬르 씨의 시선이 자기 눈에 고정되어 있는 것을 알아차렸다.

이 충격은 노인으로 하여금 완전히 혼수상태에서 깨어나게 했다. 실은 오래전부터 비서의 장래를 보장해주어야겠다고 생각해왔었다. 그래서 그를 위해 얼마쯤의 금액을 사후의 조처 가운데 분명하게 써두었다. 그러나 유언장이 공개될 때까지는 상대가 전혀 눈치채지 못하게 해야만 했다. 티보 씨는 인간의 생리를 스스로 알고 있다고 생각했다. 그래서 아무도 믿지 않았던 것이다. 만일에 샬르 씨가 이 유증遺贈을 눈치채게 된다면 티보 씨가 정당하게 보상을 하고 있는 것으로 자부하고 있는 당사자인 샬르 씨는 아마 지금같이 정성을 다해 봉사하지 않을 것이라는 사실을 그는 알고 있었다.

"샬르, 자네가 말하는 것을 알아들은 것 같은데." 티보 씨는 부드럽게 말했다.

상대는 갑자기 얼굴을 붉히며 눈을 돌렸다.

티보 씨는 잠시 생각해보았다.

"그러나, 자아, 어떻게 말해야 할까? …지금 자네가 한 것 같은 제의를 불시에, 또는 맹목적으로, 잘못된 자비심에서 …아니면 마음이 약해져서 받아들이는 것보다는 확고부동한 원칙에 입각해서 물리치는 것이 어떤 의미에서는 한결 용기 있는 처사가 아닐까?"

샬르 씨는 선 채로 고개를 끄덕였다. 이렇게 당당하게 연설조로 시작하면 그는 언제나 압도당해 처음부터 끝까지 '주인의 말씀대로'라고 황공해하는 것이 보통이었다. 오늘 같은 경우도 여기에서 동의를 머뭇거린다는 것은 도저히 있을 수 없는 일이었다. 샬르 씨는 노인의 말에 찬성을 표시함으로써, 별수 없이 자기 계획의 실패를 인정해야 한다는 사실을 뒤늦게야 깨달았다. 그는 곧 체념했다. 그것이 언제나 하는 버릇이었다. 지극히 정당한 청원을 기도를 통해서 표명했지만 그것이 이루이지지 않은 일이 자주 있지 않았던가? 그렇다고 해서 그는 그것 때문에 하느님에게 반항한 적은 없었다. 그가 보기에는 티보 씨도, 하느님같이 도저히 뚫고 들어갈 수 없는 지고한 예지의 소유자였다. 그래서 자기로서는 그 앞에서 복종하는 도리밖에 다른 방법이 없었던 것이다.

그는 티보 씨의 말에 동조를 표시하고 아무 말 않기로 결심했다. 틀니를 다시 끼우려고 했다. 손을 호주머니에 넣는 순간에 그의 얼굴은 붉어졌다. 틀니가 없는 것이 아닌가.

"샬르, 자네는 자신의 잘못을 인정하지 않나?" 티보 씨는 조금 전과 같은 목소리로 말을 계속했다. "자네는 일을 해서 푼푼이 모은 재산을 종교와 무관한… 여러 의미에서 신용할 수 없는 양로원에 맡김으로써 스스로 선의의 희생자가 된 셈이네. 재력은 없지만 사회 저명인사의 추천이 있기만 하면 무료로 보살펴주는, 교구에서 경영하는 기관을 손쉽게 찾아낼 수도 있지 않았겠나? …내가 유언장 속에 자네에게 주선할 만한 장소를 쓴다고 하더라도 내가 죽고 난 뒤에 자네는 어떤 사기꾼한테 걸려들어 내가 준 돈의 마지막 한 푼까지 빼앗길 것이 뻔한 일이 아니겠나?"

샬르 씨는 딴생각을 하고 있었다. 그리고 손수건을 꺼낸 것이 생각났다. 틀니는 카펫 위에 떨어진 것이 틀림없었다. 지금까지 자기만 알고 있었으나, 이것을 계기로 다른 사람도 알게 될지도 모르는 그 도구—어쩌면 악취가 풍길지도 모를—가 남의 손에 들어갈 것을 상상했다…. 그는 목을 길게 빼고 눈을 크게 뜨고는 가구 밑을 샅샅이 살펴보았다. 그리고 겁에 질린 가축처럼 그 자리에서 껑충껑충 뛰기도 했다.

티보 씨가 그것을 알아차렸다. 그리고 이번에는 측은한 생각이 들었다. '유증의 금액을 좀 올려줄까?' 그는 생각했다.

그는 비서의 불안감을 좀 덜어주기도 할 겸해서 기분 좋게 이야기를 계속했다.

"여보게, 샬르. 사람들이 빈곤과 가난을 자주 혼동하는 것은 잘못된 것이 아닐까? 빈곤은 확실히 무서운 것이야. 별로 신통한 지혜를 주지 않지. 그러나 가난은? 이것은 흔히 신의 은총의… 가장된… 모습이 아닐까?"

샬르 씨에게는 티보 씨의 말소리가 물에 빠진 사람이 듣는 것같이 윙윙거리며 간간이 희미하게 들려올 뿐이었다. 그는 정신을 차리려고 노력했다. 다시 모닝코트, 조끼를 만져보고 절망적인 마음으로 늘어진 옷자락에 손을 넣어보았다. 그 순간에 그는 갑자기 환호성을 지를 뻔했다. 틀니는 거기 열쇠고리에 걸려 있는 것이 아닌가!

"…가난" 하며 티보 씨가 말을 계속했다. "이것이 기독교적 행복과 일치된다고 할 수 있지 않겠나? 그리고 일시적인 재산의 불평등은 바로 사회적 균형의 조건이 되지 않겠나?"

"지당하신 말씀입니다!" 샬르 씨는 외쳤다. 그는 의기양양해하며 미소를 띠고는 두 손을 비볐다. 그리고 아무 생각 없이 중얼거렸다. "정말 매력적인 말씀입니다…."

차츰 기력이 떨어지고 있었지만 티보 씨는 비서 쪽으로 눈길을 돌렸다. 그는 지금 샬르 씨의 입에서 그런 말을 듣고 감격했다. 그리고 또 자기 말에 동의를 해주어서 기분이 좋아졌다. 그는 친절하게 대하려고 애를 썼다.

"샬르, 나는 자네에게 좋은 습관을 가르쳐주었네. 자네같이 꼼꼼하고 진실한 사람은 언제나 유익한 사람이 되리라고 생각하는데…" 그는 조금 사이를 두고 말을 이었다. "…만일에 내가 먼저 세상을 떠나는 일이 있더라도 말일세."

뒤에 남을 사람의 사정을 고려할 줄 아는 티보 씨의 이런 침착한 태도는 확실히 사람을 안정시켜 주고 마음을 끄는 힘을 가지고 있었다. 한편 샬르 씨는 이 순간에 커다란 안도감을 느끼면서 장래에 대한 불안감을 말끔히 씻을 수 있었다. 그의 두 눈은 안경 너머로 빛났다.

샬르 씨는 큰 소리로 말했다.

"그 점에 대해서는, 편안히 눈을 감으셔도 됩니다. 저야 언제나 어떻게 꾸려나갈 수 있으니까요! 말하자면 생각해 둔 것이 몇 가지 있답니다. 뭐 자질구레한 일거리라든가, 실용적인 발명 같은 것이 있는데…" 이렇게 말하면서 그는 웃었다. "실은 벌써 생각해낸 것이 있습니다. 네… 곧 시작할 겁니다. 어르신네가 돌아가시면 곧…."

환자는 눈을 똑바로 뜨고 노려보았다. 무심코 내뱉은 샬르 씨의 말이 충격을 주었던 것이다. '어르신네가 돌아가시면'이라니…. '이 바보 같은 놈이 무슨 말을 하는 거야?'

티보 씨가 따지려 들 참이었는데 세린 수녀가 들어와 스위치를 켰다. 방 안이 갑자기 환해졌다. 샬르 씨는 수업이 끝나는 종소리를 들은 초등학교 학생같이, 눈 깜짝할 사이에 서류 뭉치를 챙겨 들고 여러 차례 고개를 숙여 인사한 다음 도망치듯 나갔다.

2

관장할 시간이 되었다.

세린 수녀는 이미 이불을 제쳐놓고 늘 하던 대로 침대 주위를 돌기 시작했다. 티보 씨는 생각에 잠겨 있었다. 그는 샬르 씨가 한 말을 되씹고 있었다. 특히 '돌아가시면…'이라는 그 말투를 생각하고 있었다. 너무나 자연스러운 그 말투! 샬르 씨의 입장에서 본다면 티보 씨가 얼마 안 가서 세상을 뜨리라는 사실이 매우 당연한 것으로 여겨졌던 것이다. 티보 씨는 '은혜를 모르는 놈!'이라고 노엽게 생각했다. 그리고 노여움으로 어쩔 줄 모르며 자기 뇌리를 떠나지 않는 그 의구심을 떨쳐버리기 위해 안간힘을 쓰고 있었다.

"시작할까요?" 세린 수녀가 쾌활하게 말했다. 그녀는 벌써 양 소매를 걷어 올렸다.

그 일은 몹시 어려웠다. 우선 환자 몸 아래로 수건으로 만든 짚과 같은 것을 밀어넣어야 했다. 그러나 티보 씨는 몸이 무거웠다. 게다가 자신이 그것을 하려고 들지를 않았다. 마치 시체처럼 하는 대로 몸을 맡기고 있는 상태였다. 그리고 몸을 움직일 때마다 두 다리를 따라 쭉 등골까지 찌르는 듯한 통증이 느껴졌다. 더구나 정신적인 고통이 그 통증을 더욱 가중시켰다. 매일 반복되는 이와 같은 시련은 그의 자존심과 품위에 말할 수 없는 상처를 입혔다.

매일 시간이 더 걸리기 때문에, 결과를 기다리는 동안 세린 수녀는 마음 편하게 침대 끝에 앉아 있기로 작정했다. 처음에는 이런 경우에 그녀가 가까이 있다는 것이 환자를 몹시 회니게 했다. 그러나 지금은 그것을 참을 수 있게 되었다. 오히려 혼자 있지 않는 걸 더 바라고 있었을지도 모른다.

눈을 감고 눈살을 찌푸린 채 티보 씨는 머릿속으로 그 무서운 문제를 되풀이해서 생각해보고 있었다. '내가 정말 그처럼 악화된 것일까?' 그는 눈을 떴다. 그의 시선은 우연히 변기통에 가닿았다. 그것은 손이 미치는 장롱 위, 금방 눈에 뜨이는 곳에 세린 수녀가 놓아둔 것인데, 흉측하고 우스꽝스러운 것이 거만하게 무엇인가를 기다리고 있는 것 같았다. 그는 시선을 돌렸다.

세린 수녀는 이 짧은 시간의 휴식을 이용하여 손가락으로 묵주 알을 돌리고 있었다.

"나를 위해 기도를 부탁하오." 갑자기 티보 씨는 보통 때와는 달리 정중하면서도 간청하는 듯한 어조로 속삭였다.

그녀는 **아베마리아**를 끝내고 이렇게 대답했다.

"네, 하루에도 몇 번이고 기도 드리고 있답니다."

잠시 침묵이 흘렀다. 갑자기 티보 씨가 침묵을 깼다.

"나는 중환자야, 알다시피! 아주… 아주 중병이야!" 그는 곧 울음을 터뜨릴 것처럼 더듬거리며 말했다.

그녀는 약간 어색한 미소를 띠며 항변하다시피 했다.

"무슨 그런 생각을 하십니까!"

"아무도 말해주려고 하지 않아" 하며 환자는 말을 계속했다. "그러나 나는 확실히 알겠어. 다시 회복될 수 없을 거야!" 그녀가 말을 막으려 하지 않자 환자는 도전적인 기세로 말을 이었다. "앞으로 얼마 남지 않았다는 것을 나도 알고 있단 말이야."

그는 세린 수녀의 동태를 살폈다. 그녀는 머리를 설레설레 흔든 다음 다시 기도를 시작했다.

티보 씨는 겁이 났다.

"베카르 신부를 만나야겠어." 하고 쉰 목소리로 말했다.

세린 수녀는 단순히 이런 말로 반대했다.

"오, 지난 토요일에 성체식을 받으셨으니까 하느님 앞에서 죄를 참회하셔야 합니다."

티보 씨는 아무런 대답도 하지 않았다. 관자놀이에 구슬 같은 땀이 맺혀 있었다. 턱이 떨리고 있었다. 관장기가 몸을 흔들었다. 거기에다 공포까지.

"변기" 하고 그는 헐떡이며 말했다.

잠시 뒤에 심한 이급후중裏急後重과 신음 소리를 내면서 그는 세린 수녀에게 원망스러운 눈초리를 보냈다. 그러고 나서 이렇게 중얼거렸다.

"하루하루 힘이 빠져가는군…. 무슨 일이 있어도 신부를 만나야겠어!"

그녀는 대야의 물을 데우느라고 그가 열심히 자기 얼굴의 표정을 살피고 있는 것을 알지 못했다.

"원하신다면." 그녀는 어물어물 대답했다. 작은 주전자를 내려놓고는 손가락 끝을 물에 살짝 담가보았다. 그리고 아래를 내려다보며 무엇인가 중얼거렸다.

티보 씨는 귀를 기울였다. "…신중해서 손해 보는 일은 없으니까…."

그는 가슴 쪽으로 머리를 기울이고 이를 악물었다.

곧 몸을 닦고 속옷을 갈아입은 다음에 다시 새 자리에 누운 티보 씨는 그저 괴롭기만 할 뿐이었다.

세린 수녀는 의자에 앉아 다시 묵주를 돌리고 있었다. 천장 불은 꺼져 있었고 키 낮은 램프가 방 안을 비추고 있었다. 환자의 불안은 물론이고 신경통도 계속되고 있었다. 더욱 심해지는 통증은 넓적다리 뒤를 도려내는 듯했으며, 몸 전체로 번지는가 하면 돌연 칼로 쿡 찌르는 것같이 허리 언저리, 슬개골, 발목까지 퍼져 급소에 심한 동통을 느끼게 했다. 통증이 있어도 심하지 않고 잠시 소강상태일 때는—아무튼 욕창이 나서 염증을 일으키기 때문에 아프지 않을 때가 없었다—티보 씨는 눈을 떠 정면을 똑바로 바라보았다. 그리고 정신은 또렷하기 때문에 똑같은 생각을 되풀이하고 있었다. '모두 어떻게 생각하고 있을까? 자신은 알지도 못하면서 중태라고 할 수 있을까? 어떻게 하면 그것을 알 수 있을까?'

세린 수녀는 고통이 더해지는 것을 보고 저녁때를 기다리지 않고 모르핀을 반 정도만 주사하기로 결심했다.

티보 씨는 세린 수녀가 방을 나가는 것을 눈치채지 못했다. 악마가 떠돌고 있는 듯한 조용하고 어두컴컴한 이 방에 혼자 있다는 것을 알게 되었을 때 그는 심한 두려움에 사로잡혔다. 사람을 부르려 했으나 발작이 다시 심하게 엄습해왔다. 그는 종을 잡고 필사적으로 흔들었다.

아드리엔이 뛰어왔다.

티보 씨는 말을 하지 못했다. 턱이 경련을 일으켰기 때문에 알아들을 수 없는 소리를 질렀다. 그는 일어나려고 갑자기 몸을 움직였다. 그것 때문에 옆구리에 심한 통증을 느꼈다. 그는 신음 소리를 내면서 다시 베개 위에 쓰러지고 말았다.

"이대로 나를 죽게 할 작정이냐?" 마침내 그는 고함을 질렀다. "세린 수녀를 불러! 신부를 불러! 아니야, 앙투안을 불러! 빨리!"

깜짝 놀란 아드리엔은 휘둥그레진 눈으로 노인을 바라보았다. 그것이 또 노인을 공포에 사로잡히게 했다.

"어서! 앙투안을 불러! 즉시!"

세린 수녀는 약을 넣은 주사기를 들고 다시 왔다. 그녀는 무슨 일이 일어났었는지를 알지 못했다. 그녀는 가정부가 뛰어나가는 것을 보았다. 티보 씨가 흥분했던 탓으로 다시 통증이 재발했던 것이다. 그래서 긴 베개 위에 옆으로 쓰러져 있었다. 주사를 놓기에는 안성맞춤인 자세였다.

"움직이지 마세요." 세린 수녀는 그의 어깨에 걸려 있는 것을 벗기면서 말했다. 순식간에 주사를 놓았다.

집을 나오던 앙투안은 아치형 입구에서 아드리엔과 마주쳤다.

그는 계단을 뛰어 올라갔다.

앙투안이 방에 들어가자 티보 씨는 고개를 돌렸다. 겁이 나서 불러오라고는 했지만 별로 기대는 하지 않다가 막상 앞에 나타나니까 우선 노인에게는 위안이 되었다. 그는 무의식적으로 더듬거리며 말했다.

"아, 너 왔니?"

그는 주사의 효력을 느끼기 시작했다. 두 개의 베개 위에 몸을 일으키고 양팔을 쭉 뻗은 채 세린 수녀가 손수건 위에 떨어뜨려준 몇 방울의 에테르 냄새를 맡고 있었다. 앙투안은 셔츠의 터진 구멍 속에서 마른 목과 두 개의 힘줄 사이로 쑥 솟아난 목울대를 보았다. 턱의 미세한 떨림은 이마 언저리가 음울하게 미동도 하지 않는 것을 더욱 두드러져 보이게 했다. 뚱뚱하고 큰 머리, 평평하고 넓은 관자놀이, 두 귀, 이 모든 것은 지금 보기에도 후피동물 같은 느낌을 주었다.

"아버지, 왜 그러세요?" 앙투안이 물어보았다.

티보 씨는 아무 대답도 않고 얼마 동안 뚫어지게 그를 바라보다가 다시 눈을 감았다. 어쩌면 이렇게 외치고 싶었는지도 모른다. '진실을 말해다오! 나는 속고 있는 것이 아니냐? 말해봐, 나는 이제 끝장이지? 앙투안, 나를 살려줘!' 그러나 아들을 대하자 점점 심하게 느껴지는 수치심, 그리고 자기의 공포심을 큰 소리로 나타낼 경우에 그것이 곧 엄연한 사실로 나타날 것만 같은 미신적인 걱정 때문에 소리를 지르지 못하고 있었다.

앙투안의 눈은 세린의 눈길과 마주쳤다. 그녀의 시선은 탁상 쪽을 가리켰다. 거기에 체온계가 있는 것을 보고는 다가갔다. 체온이 38도를 넘었다. 그는 이런 갑작스러운 발열에 놀라지 않을 수 없었다. 지금까지는 병이 거의 열이 없이 진행되어 왔었다. 그는 침대 쪽으로 돌아와 손목을 잡았다. 환자에게 안도감을 주기 위해서였다.

"맥박은 고르군요." 그는 거의 간격을 두지 않고 말했다. "그런데 어디가 괴로우세요?"

"꼭 죽을 것만같이 아프구나!" 티보 씨는 큰 소리로 말했다. "오늘은 온종일 괴로웠단다. 나는… 나는 죽는 줄 알았어! 그렇지?" 그는 세린 수녀 쪽으로 위압적인 눈길을 던졌다. 그러고 나서 목소리를 바꾸었다. 그의 시선은 불안해하는 빛을 띠었다. "앙투안, 가면 안 돼. 무서워, 못 견디겠어! 무서워… 또 시작될 것 같아서."

앙투안은 측은한 생각이 들었다. 다행히 꼭 외출해야 될 급한 일도 없었기 때문에 저녁 식사 때까지 남아 있겠다고 약속했다.

"볼일이 생겼다고 전화를 하겠어요." 그가 말했다.

전화가 있는 서재까지 세린 수녀가 따라왔다.

"오늘 상태는 어떻습니까?"

"과히 좋지 않아요. 첫번째 주사를 정오에 놓지 않으면 안 되었지요. 그리고 두번째 주사를 지금 막 놓았어요. 절반 분량을요" 하며 그녀는 덧붙여 말했다. "앙투안 씨, 문제는 마음입니다! 무서운 생각을 하고 계시답니다. '모두가 나를 속이고 있어. 신부님을 불러줘. 죽을 것만 같아'라고요. 그 밖에도 여러 가지!"

걱정스러워하는 앙투안의 시선은 분명히 이렇게 묻는 것 같았다. '당신께서도 눈치채셨나요?' 세린 수녀는 머리를 끄덕였다. 그녀는 감히 아니라고 대답할 수가 없었다.

앙투안은 생각에 잠겼다. '이것만으로는 체온에 대한 설명이 되지 않는데….' 그는 마음속으로 생각했다.

"중요한 것은…" 그는 단호한 몸짓을 했다. "…모든 의심의 싹을 즉시 뽑아버리는 것입니다." 이때 엉뚱한 계획이 뇌리를 스쳐갔다. 그는 자제했다. "우선 편안히 하룻밤을 지내시게 해야겠군" 하고 그는 또렷이 말했다. "내가 말씀드리겠지만, 그때 반 센티그램을 놓아드리세요…. 곧 돌아올 테니까요."

"이제 일곱시까지는 자유의 몸이에요" 하고 앙투안은 방에 돌아오자 유쾌한 투로 말했다. 목소리는 날카로웠고 얼굴 표정은 병원에 있을 때와 같이 긴장되고 단호했다. 그러면서도 입가에는 미소를 띠었다.

"굉장히 힘이 들었답니다! 제가 받은 전화는 어린 환자의 할머니였어요. 굉장히 낙심해서 수화기를 들고는 울먹이고 있었어요. '선생님, 오늘 저녁에는 못 오시나요?'" 그는 갑자기 걱정스러운 모습을 보였다. "죄송합니다, 부인. 실은 아버님의 용태가 좋지 않으셔서, 아버님 댁에 불려 와 있거든요…." (돌연 티보 씨의 얼굴이 경련을 일으켰다.) "아무래도 부인네들이란 끝이 없단 말이야! '아버님이? 아! 저런, 어디가 편찮으신데요?'"

앙투안은 자기가 하고 있는 무모한 일에 도취되어 망설이지 않고 이렇게 말했다.

"글쎄, 뭐라고 말할까? …알아맞혀보세요! …저는 눈썹도 까딱하지 않고 이렇게 대답했어요. '암인데요, 부인! 전립선… 암이랍니다!'" 그는 몹시 흥분해서 웃음소리를 냈다. "그렇지 않습니까? 이렇게라도 말하지 않으면 어떻게 하겠어요!"

그는 세린 수녀가 컵에 물을 따르다가 갑자기 손을 멈추는 것을 보았다. 그리고 돌연 자기가 지금 하고 있는 일을 의식했다. 불안한 마음이 뇌리를 스쳐갔다. 그렇다고 뒤로 물러설 수도 없었다.

그는 폭소를 터뜨렸다.

"아버지, 이런 거짓말도 모두 아버지 때문이에요!"

티보 씨는 몸을 움츠리고 온 신경을 모아 열심히 듣고 있었다. 손이 시트 위에서 떨리기 시작했다. 지금까지 아무리 안심시켜 주는 말을 해도 이렇게 완전하게, 이렇게 빨리 티보 씨의 고뇌를 쫓아준 적은 없었다! 앙투안의 놀라운 대담성은 대번에 모든 망령을 쫓아주었으며, 단숨에 환자로 하여금 다시 희망을 가지도록 해주었다. 환자는 두 눈을 뜨고 아들을 쳐다보았다. 그는 더 이상 시선을 떨구지 않기로 마음먹었다. 새로운 감정, 애정의 불꽃이 병든 노인의 마음을 뜨겁게 해주었다. 그는 말하고 싶었다. 그러나 그는 현기증 같은 것을 느꼈다. 그는 살짝 미소를 짓고는 눈을 감았다. 앙투안은 아버지의 그런 미소를 흘긋 쳐다보았다.

만일에 앙투안이 아닌 다른 사람이었다면 이마의 땀을 닦으면서 이렇게 생각했을는지 모른다. '위기를 간신히 모면했군….' 그러나 조금 전보다 얼굴색도 가라앉은 앙투안은 자기가 한 처리에 만족하면서 단순히 이렇게 생각할 따름이었다. '이런 술책에는 반드시 성공한다는 확신을 가지는 것이 제일이야.'

몇 분이 흘렀다.

앙투안은 세린 수녀의 시선을 피하려고 했다.

티보 씨는 팔을 움직였다. 그리고 무슨 의논이라도 계속하려는 듯이 이렇게 말했다.

"하지만 몸이 점점 더 아파오는 것은 무슨 까닭이냐? 그 혈청은 오히려 아픔을 더하고 있으니…."

"네, 당연히 아픔을 더하게 하지요." 앙투안은 아버지의 말을 가로막았다. "그게 약이 효과를 내고 있다는 증거니까요!"

"아!"

티보 씨는 자신이 납득할 수 있기만을 바랐다. 사실 오늘 오후에는 자기가 말하던 것만큼 고통스럽지 않았기 때문에 고통이 더 계속되지 않은 것이 오히려 유감스러웠다.

"지금은 어떠세요?" 하고 앙투안이 물었다. 아버지가 또 열이 오르지나 않을까 걱정스러웠기 때문이다.

솔직히 말하면 티보 씨는 '참 편하구나'라고 대답해야 했겠지만 그는 이렇게 중얼거렸다.

"다리가 아파… 허리 언저리가 무겁고…."

"세시에 찜질을 했어요" 하고 세린 수녀가 또렷하게 말했다.

"그리고 여기가 무거워… 꽉 눌리는 것 같구나…."

앙투안은 고개를 끄덕이며 알겠다는 시늉을 했다.

"이상한데요." 앙투안은 세린 수녀를 향해 말했다. (그는 지금 말을 어떻게 꾸며댈지 생각이 떠오르지 않았다.) "제가 관찰해본 바로는 약을… 서로 틀리게 쓴 결과가 아닐까 생각되는데요. 예를 들어 피부병에 서로 치료를 달리해서 뜻하지 않은 결과를 얻을 수도 있거든요. 어쩌면 저와 테리비에가 계속해서 새로운 혈청… N.17을 쓴 것이 잘못되었을지도 모르겠는데요…."

"그래, 그것이 잘못된 거야!" 하고 티보 씨가 확신을 갖고 말했다.

앙투안은 흐뭇해하며 아버지의 말을 가로막았다.

"그러나 그것도 아버지 탓이에요! 빨리 낫고 싶다고 너무 서두르시니까! 저희는 많은 일을 너무 빨리 해치우려는 겁니다!"

그는 세린 수녀를 보며 진지하게 물었다.

"그저께 가져온 D.92 약병은 어디에 있지요?"

그녀는 어색한 몸짓을 했다. 그것은 환자를 속이기 싫어서가 아니라, 병 증상에 따라 앙투안이 생각해내는 여러 가지 '혈청'을 확실하게 이해할 수 없었기 때문이다.

"곧 D.92 주사를 준비해주세요. N.17의 작용이 끝나기 전에 혈액 속에서 어떻게 섞이는지를 시험해보고 싶으니까요."

티보 씨는 세린 수녀가 망설이고 있는 것을 눈치챘다. 앙투안은 탐색하는 것 같은 아버지의 눈초리를 보고 섬뜩했다. 그는 모든 의심을 씻어주려고 곧 덧붙여 말했다.

"아버지, 지금 이 주사는 아프실 거예요. D.92는 다른 것보다 훨씬 약이 독하니까요. 하지만 조금만 참으시면 됩니다. 제 생각이 틀리지 않는다면 오늘 밤부터는 훨씬 편해지실 거예요!"

'하루하루 더 능란해지는구나' 하고 앙투안은 혼자 생각했다. 직업상의 진보라고 인정하면서 그는 흐뭇해했다. 그리고 이런 우울한 일에는 끊임없이 어려움이 뒤따르게 마련이며 일종의 위험 같은 것이 도사리고 있었다. 앙투안은 이런 것에 매력을 느끼지 않을 수 없었다.

세린 수녀가 돌아왔다.

티보 씨는 그 주사를 맞을 때 불안을 느끼지 않을 수 없었다. 팔에 바늘이 꽂히기도 전에 벌써 고함부터 지르기 시작했다.

"아, 네가 말하던 혈청이구나!" 주사가 끝나자마자 벌써 투덜거리기 시작했다. "이게 훨씬 더 진하구나! 꼭 피부 속에 불이 들어가는 것 같아! 그런데 너는 이 냄새를 알겠니? 전의 것은 적어도 냄새는 나지 않았었는데!"

앙투안은 의자에 앉아 있었다. 그는 아무 대답도 하지 않았다. 전의 주사와 지금 것은 전혀 차이가 없다. 같은 앰풀, 같은 바늘, 같은 사람. 단지 약 이름만 다를 뿐인데…. 정신만 다른 방향으로 이끌고 가면 모든 감각은 따라서 움직이기 시작하는구나! 한심한 우리의 감각. 우리가 이것을 믿고 있다니! …끝까지 이성만을 만족시키고 싶다는 어린애 같은 욕망! 환자에게조차도 가장 참기 힘든 것은 이해하지 못하고 있다는 것이다. 하나의 현상에 이름을 붙이고, 그럴듯한 원인을 부여할 수 있게 되자마자, 우리가 우리의 빈약한 두뇌로 두 관념을 명백한 논리로 결합시키자마자…. '이성, 이성이라는 것' 하고 앙투안은 생각했다. '이것이야말로 소용돌이 속에 움직이지 않고 서 있는 한 점이다. 이성이 없다면 도대체 무엇이 남는단 말인가?'

티보 씨는 다시 눈을 감았다.

앙투안은 세린 수녀에게 물러가라는 손짓을 했다. (그들은 둘이 같이 환자 머리맡에 있으면 환자가 더 초조해한다는 것을 알고 있었다.)

앙투안은 매일 아버지를 봐왔지만 오늘이야말로 뚜렷한 변화를 느낄 수 있었다. 피부에는 호박색의 투명함과 홍조의 빛이 나타나 있었다. 부기는 더하고 눈밑은 늘어진 주머니 모양이 되어 있었다. 거기에 반해 코의 살은 쪽 빠져 앙상한 뼈대만을 보이고 있었는데, 이것이 얼굴 표정을 기괴하게 변화시켰다.

환자가 몸을 움직였다.

얼굴 모습은 차츰 생기를 되찾았다. 이제는 찌푸린 모습을 찾아볼 수 없었다. 더 자주 깜박이는 속눈썹 사이로 팽창되고 생기 있는 눈동자가 빛나고 있었다.

'주사 두 대가 효력을 나타내는군' 하고 앙투안은 생각했다. '아마 지금부터 수다스러워질 거야.'

사실 티보 씨는 심신이 이완되는 듯한 느낌이 들었다. 쉬고 싶다는 욕구에다가 어떤 피로감도 따르지 않아 기분이 좋아졌다. 그러면서도 그는 자신의 죽음을 끊임없이 생각하고 있었다. 그러나 이제 죽음 같은 것은 믿지 않기로 했기 때문에 그것에 대해 아무렇지 않게 말할 수도 있었고, 또 그것을 말하는 것이 유쾌하기까지 했다. 모르핀 주사 때문에 흥분되어 자신을 위해, 또 아들을 위해 훌륭한 임종의 순간을 만들어보고 싶은 유혹까지 받았다.

"듣고 있니, 앙투안?" 그가 별안간 물었다. 어조는 엄숙했다. 그리고 아무런 서두도 없이 말했다. "내 사후에 발견될 유언장 속에…." (여기까지 말하고는 배우가 상대의 대사를 기다리는 순간과 같은 아주 짧은 멈춤이 있었다.)

"그렇지만 아버지," 앙투안은 상냥하게 아버지의 말을 가로막았다. "아무렴 그렇게 빨리 돌아가시겠어요!" 그는 웃었다. "아까도 말씀드렸지만 아버지는 전처럼 정상적인 생활을 다시 하기를 얼마나 고대하고 계십니까!"

노인은 기분이 좋아서 손을 들어 올렸다.

"자, 잠자코 들어봐. 과학의 입장에서 본다면 나는 아직 끝장난 환자가 아닐지 모르지. 그러나 내 느낌으로는… 내가… 죽음 그 자체도… 이 세상에서 하려고 노력했던 몇 가지 선행만은 하느님도 인정해주실 것으로 믿는다…. 그래… 그리고 그날이 오면…" (그는 미심쩍어 아들의 미소가 사라지지나 않았는지 확인해보려고 흘끗 쳐다보았다.) "…그래, 별수 없지? 믿고 보는 거야…. 주님의 자비심은 무한하니까."

앙투안은 말없이 듣고만 있었다.

"그래, 얘야, 이런 말을 하려고 한 것은 아니야. 유언장 끝에 유증 명단을 보게 될 게다…. 오래전부터 일해준 사람들을 위한 것이야. 그 유언 변경 증서에 주의해주었으면 싶어서란다. 몇 년 전에 쓴 거야. 그런데 별로… 별로 관대한 것 같지 않아. 샬르 씨에 관한 것인데, 그 사람은 물론 내 보살핌을 받아왔지. 그것은 틀림없어. 모든 점에서 내 덕을 보고 있지. 그렇지만 그 사람의… 그 헌신적인 태도에 무슨 보상 같은 것을… 좀 넘친다 싶을 정도로 해주는 것이 옳지 않겠니?"

기침 때문에 이따금 말을 중단했다가 하는 수 없이 잠시 입을 다물곤 했다. '병세가 꽤 급속도로 전신에 퍼지는 것이 틀림없군.' 앙투안은 생각했다. '기침이 점점 심해지는군. 구역질도 그렇고. 얼마 전부터 부기가 아래에서 위로 올라가고 있는 것이 틀림없어. 폐와 위로… 최초의 병발증이 일어날 참이야.'

"나는 언제나…" 티보 씨는 말을 계속했다. 아편 주사 탓으로 머리가 맑아지기는 했어도 그의 생각은 조리가 맞지 않았다. "나는 언제나, 내가 안락한 계급에 속한다는 것을 자랑으로 여겨왔다. 종교도 그렇고 조국도 마찬가지로 언제나 그런 계급을 토대로… 그러나 그런 안락에는 필연적으로 어떤 의무가 따르게 마련이야…." 거기까지 말하고 그의 생각은 다시 방향을 바꾸었다. "그런데 너는 개인주의적인 생각에 치우치는 나쁜 경향이 있어!" 그는 갑자기 앙투안 쪽으로 화난 눈길을 보내면서 말했다. "너도 나이가 들면 바뀔 테지만." 그는 말을 수정했다. "…더 나이가 들어서 너도 하나의 가정을 이루게 되면… 그래, 하나의 가정을…" 하고 그는 되풀이했다. 언제나 과장 없이는 입 밖에 내지 않았던 이 말은 그의 마음속에 여러 가지 희미한 반향을 불러일으키고 전에 했던 연설의 단편 몇 개를 생각하게 했다. 생각의 맥락이 다시 끊겼다. 그는 목소리를 높여 말했다. "그렇다. 가정이야말로 사회 조직에서 원초적인 세포가 된다는 것을 인정한다면, 그 가정이야말로… 평민 사회에서 귀족 사회를 형성하는 것이고… 앞으로 한 나라의 엘리트를 그 속에서 탄생시키는 것이 아닐까? …가정, 가정… 대답해봐. 오늘의 부르주아 국가는 우리를 축으로 삼아… 회전하고 있는 것이 아닐까?"

"그렇지요, 아버지." 앙투안은 부드럽게 동의했다.

노인은 그 말을 알아들은 것 같지 않았다. 말투에는 차츰 연설조가 사라지면서 말하려는 의도도 훨씬 쉽게 파악할 수 있었다.

"너도 이제 생각이 달라질 거다! 신부도 나와 같이 그것을 기대하고 계시단다. 이제 곧 생각이 달라지겠지. 그리고 나는 빨리 그렇게 되기를 바라고 있어…. 이미 그렇게 되어 있기를 바라고 있단다…. 얘야, 이 세상을 하직하는 순간이 온다는 것은 나한테도 괴로운 일이 아니겠니?… 말할 수 없이 좋은 교육을 받고 이 집 지붕 아래에서 살아온 네가 아니냐? …요컨대 종교적인 열정을 가져주었으면 하는 것이다! 더 단단한 반석 위에, 더 진실한 신앙심 말이다!"

'지금의 나를 아신다면' 하고 앙투안은 생각했다.

"주님이 나한테 물어보시지도 않고… 나를 용서해주실지 누가 알겠니…?" 티보 씨는 한숨지었다. "아! 너한테 신앙심을 심어주기에는 너의 어머니가… 너무 일찍 돌아가셨어!"

두 방울의 눈물이 그의 두 눈에 고였다. 글썽거리던 눈물이 뺨을 따라 흘러내리는 것을 앙투안은 보았다. 너무 뜻밖의 일이어서 앙투안은 감동을 받지 않을 수 없었다. 더구나 그로서는 들어보지 못했던, 낮고 은근하며 벅찬 목소리로 절도 있게 아버지가 다시 말을 이었을 때, 그 감회는 더욱 절실했던 것이다.

"그 밖에 말해주고 싶은 것이 있다. 자크의 죽음에 대해서 말이다. 불쌍한 녀석… 나는 그 아이한테 아비로서의 의무를 다하기나 했는지? …아무튼 나는 엄격한 아버지가 되려고 했었다. 너무 준엄했었지. 그건 그래, 나는 그 아이한테서 신뢰를 얻지 못했었지. 앙투안, 너한테도 말이다…. 아니, 조용히 들어다오. 그것은 사실이었다. 그것은 주님의 뜻이었지. 주님은 나한테 결국 자식들의 신뢰를 얻게 해주시지 않았어…. 내 두 아들. 그들은 나를 존경했으나 또한 두려워했지. 그러면서 어린 시절부터 나한테서 떨어져나갔거든…. 오만, 오만! 나도 오만했고, 애들도 오만했으니…. 그러나 아비로서의 내 의무는 하느라고 하지 않았던가? 아주 어린 시절부터 두 아이를 교회에 맡기지 않았던가? 그들의 덕성 교육과 지성 교육을 위해 언제나 신경을 써왔던 내가 아니었던가? 은혜를 모르는 놈들… 주여, 심판을 내려주시옵소서. 과연 저의 잘못입니까? …자크는 항상 제게 반항했습니다. 최후의 그날까지, 그 애가 죽기 전날까지도! …그렇지만! 아비로서 어찌 그런 …그런 일을 받아들일 수 있었겠습니까? 천만의 말씀… 그럴 수는 없겠지요….”

그는 입을 다물었다.

“가거라, 불효막심한 놈!” 그가 갑자기 고함을 쳤다.

앙투안은 놀라 아버지를 바라보았다. 그것은 그를 향해 한 말이 아니었다. 또 헛소리가 시작되었나? 턱을 바싹 당기고, 이마는 땀에 젖은 채, 양팔을 높이 든 아버지는 제정신이 아닌 듯싶었다.

“못 가겠느냐!” 하며 그는 다시 말을 계속했다. “너는 네 아비에 대해, 아비의 이름과 지위에 대해 어떻게 해야 하는지를 모르는 놈이야! 한 영혼의 구원을! 한 가족의 명예를 네가 망쳐버렸다고! 행동 속에는… 그래, 행동 속에는 우리 자신들을 훨씬 뛰어넘는 것이 있지! 모든 전통을 위태롭게 하는 것이 있어! 나는 너를 꺾어버리고 말겠다! 가거라!" 기침 때문에 말이 중단되었다. 그는 심호흡을 했다. 그리고 훨씬 목소리를 낮추어 이렇게 말했다. "주여, 과연 용서받을 수 있을지요…. 당신은 당신의 아들을 어떻게 했던가요?"

"아버지." 앙투안이 말을 가로막았다.

"나는 아들을 보호할 수 없었어요…. 그렇게 된 것은 여러 가지 이유가 있지! 위그노 놈들의 술책 때문이야!"

'아, 위그노들' 하고 앙투안은 생각했다.

(이것은 노인에게 하나의 고정 관념이 되어 있었다. 그리고 그것이 어디에서 연유되었는지 확실히 아는 사람은 아무도 없었다. 아마도, 앙투안의 추측인데 자크가 집을 나간 직후, 수색이 시작되었을 때, 자크가 지난해 여름에 메종 라피트에서 퐁타냉가家를 자주 출입했다는 사실이 어쩌다 그의 귀에 들어간 것이 틀림없다. 그 뒤부터는 누가 뭐라 해도 그의 생각을 돌이킬 수 없었다. 신교도에 대한 맹목적 혐오감, 게다가 자크가 다니엘과 함께 마르세유로 도주했던 기억이 머리를 떠나지 않았던 탓도 있었지만, 과거와 현재를 혼동했기 때문에 노인은 사건의 모든 책임을 끊임없이 퐁타냉 가족에게 전가시켰던 것이다.)

"어디에 가니?" 몸을 일으키려고 하면서 그가 또 소리를 질렀다.

번쩍 눈을 뜬 그는 앙투안이 있는 것을 보고 안심했는지 눈물로 흐려진 눈을 아들 쪽으로 던졌다.

"불쌍한 놈이었어." 그는 중얼거리듯 말했다. "그 위그노 놈들이 그 애를 유혹한 거야…. 우리한테서 빼앗아 갔어…. 모두 그놈들의 장난이야! 그리고 그 애를 자살로 이끌어간 것이지…."

"아닙니다, 아버지" 하고 앙투안이 큰 소리로 말했다. "왜 늘 그런 생각을 하세요. 왜 그 애가…"

"자살한 거야! 그놈은 나가버렸어. 그놈은 자살하기 위해 나가버린 거야!…." (앙투안은 아버지가 낮은 목소리로 이렇게 말한 것을 들은 것 같았다. '…경을 칠!' 그러나 잘못 들은 게 틀림없었다. 도대체 무엇이 '경을 칠' 일인가? 그것은 전혀 의미가 없는 말이었다.) 그리고 나머지 말은 절망적인, 거의 말 없는 흐느낌 속에 묻혀버렸다. 그 결과 복받치는 기침이 일어났다. 이번에는 쉽게 진정되었다.

앙투안은 아버지가 잠들어 있는 것으로 생각했다. 그래서 되도록 몸을 움직이지 않으려고 애썼다.

몇 분이 지났다.

"이봐!"

앙투안은 소스라쳤다.

"큰어머니의 아들… 그… 너도 알지? …길뵈프에 있는 큰어머니 마리의 아들… 아니, 너는 알 리가 없지. 그 아들도 역시… 내가 아직 어릴 때의 일이었어. 사냥을 떠나던 날 밤에 총으로 자살했지. 무슨 일인지도 전혀 모르게 말이야…."

티보 씨는 건성으로 여러 가지 추억을 활발하게 생각해내면서 미소를 짓고 있었다.

"…큰어머니는 언제나 노래를 부르면서 너의 엄마를 짜증나게 했지. …그래 참… **기운찬**… **준마**… 참, 어떻게 했더라? …

길뵈프에서 여름휴가 동안에… 너는 니쾨 영감의 헌 마차를 모르겠지… 하, 하, 하! …그래, 식모들의 옷광주리가 떨어졌을 때였어. 하, 하, 하!…"

앙투안은 갑자기 의자에서 일어났다. 이 웃음소리를 듣는 것은 흐느낌을 듣는 것보다 그에게는 훨씬 괴로웠다.

최근 몇 주일 동안에, 특히 저녁때 주사를 맞은 뒤에, 노인은 이렇게 허무맹랑한 옛날이야기를 하곤 했다. 그것은 텅 빈 그의 기억 속에서 마치 조개껍질 속의 소리처럼 갑자기 크게 퍼지는 것이었다. 그리고 그 추억을 며칠이고 되새기면서 어린애같이 혼자 웃곤 하는 것이었다.

그는 즐거운 듯 앙투안을 향해 몸을 돌리고서 활기찬 목소리로 노래하기 시작했다.

활기찬 말아
이랴… 귀여운 말아…
라… 라… 라… 아가씨가…
이랴… 이랴… 기다리고 계신다!

"아, 다음은 잊어버렸구나" 하고 그는 안타까워하며 말했다. "이 노래는 유모도 잘 알아. 언제나 지젤한테 들려주었지…."

그는 벌써 자신의 죽음과 자크의 죽음을 잊고 있었다. 그리고 앙투안이 나갈 때까지 길뵈프의 추억과 옛날 노래의 단편들을 자기 과거 속에서 계속 찾고 있었다.

3

세린 수녀와 단둘이 있게 되자 티보 씨는 다시 근엄함을 되찾았다. 그는 수프를 요구해서 아무 말 없이 먹여주는 대로 받아먹었다. 그러고 나서 세린 수녀와 같이 저녁 기도를 할 때는 천장의 불을 끄도록 했다.

"세린 수녀, 유모에게 좀 오라고 말해주시오. 그리고 하녀들도 불러주고. 할 말이 있으니까."

이런 시각에 오라고 한 것을 못마땅하게 여기면서도 베즈 유모는 총총걸음으로 문지방을 넘자 숨을 헐떡이며 멈추어 섰다. 침대까지 시선을 올려보려고 했지만 그렇게 되지 않았다. 등이 굽어서 그럴 수 없었다. 그녀에게는 가구의 다리밖에 보이지 않았다. 그리고 불빛이 비치는 곳은 양탄자를 수선한 자국만 눈에 띄었다. 세린 수녀가 의자를 권했으나 그녀는 한 걸음 뒤로 물러섰다. 이렇게 병균이 득실거리는 의자에 앉기보다는 차라리 열 시간이 될지언정 황새처럼 한 발로 서 있으리라!

두 하녀는 불안스러워하며 어두운 곳에 한 덩어리가 되어 바짝 붙어 서 있었다. 그런 두 사람을 이따금 벽난로의 불꽃이 비추어주었다.

티보 씨는 잠시 생각에 잠겼다. 그는 앙투안과의 소동만으로는 아무래도 직성이 풀리지가 않았다. 뭔가 억제할 수 없는 욕망 때문에 다시 한번 한판극을 벌이지 않으면 안 될 것 같았다.

"내가 이 세상을 하직하는 것도 그리 멀지 않은 것 같아…." 그는 기침을 하면서 말을 계속했다. "그래서 나는 내 고통이… 고통이 잠시 멎는 순간을 기다려왔어…. 당신들한테 영원한 작별을 고하기 위해….”

세린 수녀는 수건을 접고 있다가 깜짝 놀라 손을 멈추었다. 유모와 하녀들도 어안이 벙벙하여 아무 말도 하지 못했다. 티보 씨는 자신의 죽음이 임박했다는 말을 했지만 아무도 놀라지 않는다는 사실을 알았다. 그 순간에 가슴이 찢어지는 듯한 불안감이 엄습했다. 다행히 다른 사람보다 대담한 세린 수녀가 이렇게 말해주었다.

“그렇지만 점점 더 좋아지고 계시는데, 왜 돌아가신다는 말씀을 하십니까? 아드님이 들으시면!”

그 말을 듣자 티보 씨는 정신이 훨씬 또렷해지는 것을 느꼈다. 그는 눈살을 찌푸렸다. 그리고 그녀의 입을 다물게 하려고 자유롭지 못한 손을 내저었다.

그는 마치 암송하듯이 말을 계속했다.

“최후의 심판대에 나가기 전에 용서를 부탁하네. 모두에게 용서를 빌어야겠어. 나는 자주 남한테 관대하지 못했지. 내가 너무 엄격해서 집안의… 이 집에 사는 모든 사람들의 애정에 상처를 주기도 했어. 나도 인정하고 있네…. 나한테는 부채가 있어…. 자네들 모두한테 부채가 있어…. 클로틸드와 아드리엔 너희 둘에게도…, 더구나 지금 나와 똑같이 괴로운 침상에서 움직일 수 없게 된… 움직이지 못하는 너희 어머니에 대해서도…. 이십오 년 동안 봉사하는 훌륭한 모범을 너희한테 보여준 그 사람한테… 마지막으로 유모, 자네한테도….”

이 순간에 아드리엔이 왈칵 울음을 터뜨렸다. 티보 씨는 마음이 산란해져서 자신도 울음을 터뜨릴 뻔했다. 벌써 목이 메어왔다. 그러나 그는 다시 정신을 차렸다. 그리고 한마디 한마디를 신중하게 말했다.

"…자네는 그 검소한 생활로 희생을 해가며 아내를 잃은 내 집에 와서… 등불… 내 집의 등불을 지켜주었어. 자네 말고 누가… 자네가 키웠던 애들 어미를 대신해서… 그 애들을… 키울 수 있었겠는가?"

말을 마칠 때마다 어둠 속에서 여자들의 울음소리가 들려왔다. 유모의 허리는 점점 더 굽어지는가 하면 머리는 끊임없이 흔들리고 있었고, 떨리는 입술에서는 조용한 가운데 무엇인지 들이마시는 듯한 가벼운 소리가 들렸다.

"자네 덕분에, 자네의 자상한 보살핌 덕택에 우리 가정은 그 길을… 주님이 내려주시는 그 길을 계속해서 걸을 수 있었던 것이지. 자네에게 새삼 모두들 앞에서 고마움을 표시하고 싶네. 그리고 자네에게 마지막 부탁을 하려고 해. 숙명의 시간이 오면…" 자신이 한 말에 강한 충격을 받은 그는 그 공포를 억누르려고 잠깐 말을 멈추고는 지금 자신의 상태, 주사를 맞고 난 뒤의 편안한 상태를 곰곰이 생각해보았다. 그는 말을 계속했다. "숙명의 종소리가 울릴 때, 나는 자네가 큰 목소리로 그 아름다운 기도… 그 **임종의**… **연도**煉禱를… 불러주었으면 하네… 자네와 함께… 죽은 아내의 머리맡에서… 바로 이 방에서… 그렇지… 바로 이 십자가 밑에서 그것을 불렀었는데…."

그의 눈길은 어두운 곳을 더듬고 있었다. 마호가니 가구, 푸른 레이스로 짠 커튼이 달린 이 방은 그가 살아온 낯익은 방이었다. 그것은 전에 루앙에서 몇 년 사이로 부모님이 차례로 돌아가시는 것을 본 그 방과 똑같이 장식을 한 방이었다…. 그는 그 방을 그대로 파리로 옮겼다. 이 방은 청년 시절의 방이며, 신혼 시절을 보낸 방이었다…. 삼월의 추운 어느 날 밤에 앙투안이 이 방에서 태어났다. 그 후 십 년이 채 되지 않은 어느 겨울밤에, 아내는 자크를 낳은 뒤에 이 방에서 세상을 떠났다. 티보 씨는 오랑캐꽃 무늬가 찬란한 큰 침대 가운데서 아내가 죽어가는 것을 다시 떠올렸다….

그의 목소리는 떨렸다.

"…그리고 나의 사랑하는 아내가… 천당에서 나한테 힘을 주도록… 그리고 용기를… 체념과… 그녀 자신이 보여준 용기를… 나한테 달라고 기원하고 있네…." 그는 눈을 감았다. 그리고 어설프게 두 손을 마주 잡았다.

그는 잠든 것 같았다.

세린 수녀는 하녀들에게 조용히 물러가라고 눈짓했다.

주인 곁을 떠나기 전에 그녀들은 이 침대를 마지막으로 보는 것처럼 주의 깊게 그를 바라보았다. 복도에서는 아드리엔의 훌쩍거리는 울음소리와 유모를 부축하고 있는 클로틸드가 소리 죽여 하는 수다 소리가 들렸다. 여자들은 지금 어디로 가야 할지를 모르고 있었다. 그녀들은 부엌에 몰려와 둥글게 둘러앉아 눈물을 흘리고 있었다. 클로틸드는 명령만 떨어지면 곧 신부님을 부르러 가기 위해 밤샘을 해야겠다고 말했다. 그리고 부지런히 커피를 빻기 시작했다.

여느 때처럼 오직 세린 수녀만이 어떻게 해야 하는지를 알고 있었다. 그녀가 보기에 죽음이 임박한 환자에게서 찾아볼 수 있는 평정은, 환자의 깊은 본능 속에서—게다가 틀릴 때가 많지만—자신의 죽음이 그렇게 임박했다고 믿지 않는 증거였다. 그래서 그녀는 방을 치우고 불을 끈 다음에 접는 침대를 펼치고 그 위에 누웠다. 십 분 뒤에 어두운 방에서, 환자와는 한마디 말도 나누지 않은 채, 매일 밤 그렇듯이 기도에서 잠으로 평온하게 빠져 들어갔다.

티보 씨는 자고 있지 않았다. 두 번의 주사가 계속 그를 편하게 해주었으나, 그것 때문에 잘 수 없었다. 여러 가지 생각과 계획으로 가득 찬, 말할 수 없이 기분 좋은 부동의 상태. 그는 지금 자기 주위에 공포심을 불어넣음으로써 자기 자신이 그 불안감으로부터 구원받는 것으로 여기는 것 같았다. 잠들어 있는 세린 수녀의 숨결이 그의 신경을 조금 건드렸다. 그러나 그는 자기 병이 나아서 여러 가지 인사말을 곁들여 그녀가 속해 있는 수도원에 충분한 기부금과 함께 그녀를 돌려보낼 일을 생각하며 흐뭇해했다. 기부금은 얼마나 낼까? 다시 생각하지… 가까운 시일 안에. 아, 나는 회복되는 날을 얼마나 초조히 기다렸던가! 내가 없으면 사업은 어떻게 될까?

장작 하나가 재 속에 쓰러졌다. 그는 살며시 눈을 떴다. 꺼질 듯 말 듯 하던 불꽃이 다시 일어나 천장에 그림자를 그리며 춤추고 있었다. 그는 일 년 내내 초석硝石과 사과 냄새가 나는 축축한 복도에서 불꽃이 타고 있는 촛대를 손에 든 채 떨고 있던, 길뵈프에서의 자신의 모습이 별안간 떠올랐다. 커다란 그림자들이 앞에 나타나서는 지금 보는 그림자같이 천장에서 춤추던… 매일 밤 큰어머니 마리의 방에서 본 두려움을 주던 검은 거미들!…(겁쟁이였던 어린 시절의 자신과, 이렇게 노인이 되어버린 자신, 이 서로가 어찌나 똑같은지 그 둘을 구별하기에는 노력이 필요했다.)

벽시계가 열시를 치더니 또 삼십분을 알렸다.

길뵈프… 털털이 마차… 양계장… 레옹틴…

우연히 기억 저 밑에서 끄집어낸 여러 가지 추억들이 집요하게 표면에 넘실거리며 다시 가라앉으려 하지 않았다. 어린 시절의 여러 가지 추억과 함께 옛날 노래 한 가락이 끊어졌다 이어졌다 하며 떠올랐다. 노래 가사는 처음 부분을 제외하고는 거의 모두 기억나지 않았다. 그러더니 차츰 되살아나 후렴 부분이 떠올랐다.

활기찬 말아,
귀여운 말아,
어떤 군마보다
아가씨가 더 좋아하지!
…………
이랴! 이랴! 말은 뛴다!
이랴! 가라! 기다리고 계신다!

시계가 열한시를 쳤다.

…활기찬 말아,
귀여운 말아…

4

다음 날 네시쯤에 앙투안은 왕진 가는 길에 집 근처를 지나게 되었기 때문에, 용태도 알아볼 겸해서 집으로 돌아왔다. 그 날 아침에 티보 씨는 꽤 쇠약해져 있었다. 열은 아직 내리지 않았다. 병발증 때문일까? 아니면 전체적인 병세의 진행 때문일까?

앙투안은 이런 기약 없는 병문안이 환자를 불안스럽게 하지나 않을까 걱정스러워 환자에게 모습을 보이고 싶지 않았다. 그는 복도를 지나 화장실로 들어갔다. 마침 거기에 세린 수녀가 있었다. 그녀는 낮은 목소리로 그를 안심시켰다. 그때까지는 그렇게 나쁜 것은 아니었다. 지금 티보 씨에게는 주사약 효력이 작용하고 있었다. (모르핀 주사를 계속해서 놓는 것은 그가 고통을 견딜 수 있도록 하기 위해서 불가피했던 것이다.)

조금 열려진 방문을 통해서 중얼거리는 소리와 노래를 부르는 소리가 들려왔다. 앙투안은 귀를 기울였다. 세린 수녀가 어깨를 으쓱해 보이면서 말했다.

"계속해서 유모를 불러오라고 하셨어요. 무엇인지는 모르겠지만 노래를 불러달라고 하시겠대요. 오늘 아침서부터는 그 말씀만 하고 계세요."

앙투안은 발끝으로 다가갔다. 조용한 가운데 유모의 가느다란 목소리가 들려왔다.

> 활기찬 말아,
> 귀여운 말아,

어떤 군마보다
아가씨가 좋아하지!
안달루시아 태생의 눈에 반해서
아가씨가 좋아한다고 하는 말
이랴! 이랴! 말은 뛴다.
이랴! 가라! 기다리고 계신다!

그때 앙투안은 깨진 종소리 같은 아버지의 목소리를 들었다. 헐떡이면서 후렴을 다시 반복하고 있었다.

이랴! 가라! 기다리고 계신다!…

뒤이어 가냘픈 피리 소리 같은 목소리로 계속했다.

목장 곁의 아름다운 꽃이여,
아가씨 이마를 장식할 거야.
여기서 꽃을 꺾어,
그대, 풀들이여!
(정말 좋은 것은 여러 가지야.)

"아, 바로 그거야!" 하고 티보 씨는 의기양양한 투로 노래를 중단했다. "큰어머니 마리가 항상 불렀지. '라… 라… 라… 그대, 풀들이여! 라… 라… 라… 그대 풀들이여!'"

두 사람은 함께 또 부르기 시작했다.

이랴! 이랴! 말은 뛴다!
이랴! 가라! 기다리고 계신다!

"저렇게 계시는 동안은," 수녀가 속삭였다. "아무런 불평도 하지 않으신답니다."

앙투안은 가슴이 미어지는 것 같아 그곳을 떠났다.

수위실 앞을 지나려 할 때 수위 아주머니가 그를 불렀다. 지금 막 우편 배달부가 편지를 놓고 간 것이다. 앙투안은 아무 생각 없이 편지를 받아들었다. 생각은 계속 아버지에게 가 있었다.

…활기찬 말아
귀여운 말아…

그는 지금 병든 아버지에 대한 자기의 감정에 놀랐다. 일 년 전에 티보 씨가 절망적임이 밝혀졌을 때, 자신은 사랑하지 않는 줄로만 알고 있었던 아버지에 대해 놀랍기도 하면서 부정할 수 없는 애정을 느꼈다. 매우 새로운 감정이면서도 실은 돌이킬 수 없는 일이 가까워졌다는 사실 때문에 다시 느끼게 된, 오래전부터 느끼고 있던 애정같이 생각되었다. 그 감정은 그때부터 몇 달 동안 사형 선고가 내려진 환자에 대한 의사로서의 애정 때문에 더 강해져갔다. 사형 선고가 내려졌음을 알고 있는 유일한 사람으로서 환자를 될 수 있는 한 조용히 죽음으로 인도해야만 했다.

이미 거리로 몇 걸음 내디뎠을 때 그의 시선은 우연히 손에 들고 있던 한 장의 봉투로 향했다.

그는 멈추어 섰다.

자크 티보 귀하

위니베르시테가家 4번지 을 호

때때로 자크의 이름으로 서점의 목록이나 광고가 올 때가 있었다. 그러나 편지라니! 푸른색이 도는 봉투, 남자의 필적. (혹시 여자인지도 모르지?) 고상하고 흘려 쓴 약간은 거만한 필적! …그는 발걸음을 돌렸다. 우선 생각하기 위해 서재로 돌아왔다. 의자에 앉기도 전에 단호한 몸짓으로 편지 봉투를 뜯었다.

첫 말투부터 그는 가슴이 뛰었다.

팡테옹 광장 1번지 을 호

1913년 11월 25일

티보 씨,

당신의 작품을 읽고…

'작품이라니? 그럼 자크가 작품을 쓰고 있단 말인가?' 그러자 곧 '살아 있다!'는 확신이 생겼다. 편지의 글씨가 춤을 추기 시작했다. 앙투안은 미친 듯이 보낸 이의 이름을 찾았다. '자리

쿠르.'

귀하의 작품을 대단히 흥미롭게 읽었습니다. 단지 늙은 학자인 나에게…

'아, 자리쿠르! 발디외 드 자리쿠르구나. 대학교수에다 학사원 회원인….' 앙투안은 그의 명성을 잘 알고 있었다. 그의 장서 중에는 자리쿠르의 저서가 두세 권 있었다.

내 고전적인 교양과 개인적인 취미에 상반되는 소설 형식이, 늙은 학자인 나에게 불러일으키게 될 유보적인 반응을 짐작하셨으리라 생각합니다. 실은 당신의 작품 내용과 형식에 찬동할 수가 없습니다. 그러나 당신의 작품이, 매우 과감한 대목까지도, 한 사람의 시인, 한 사람의 심리 연구자가 쓴 것같이 훌륭하다는 것을 인정하지 않을 수 없습니다. 그것을 읽으면서 나는 젊고 혁명적인 한 작곡가가 (어쩌면 당신의 친구 중 한 사람일지 모르지만…) 아주 충격적이고 대담한 습작품을 보여주었을 때, 내 친구들의 음악 선생이었던 사람이 했던 말을 여러 번 상기했습니다. '이걸 모두 가지고 속히 떠나시오. 하마터면 흥미를 느낄 뻔했으니까.'

자리쿠르

앙투안은 선 채로 떨고 있었다. 그는 의자에 앉았다. 자기 앞 책상 위에 펼쳐져 있는 편지에서 눈을 떼지 못했다. 사실은 자크가 살아 있다는 것은 별로 놀랍지 않았다. 자크가 자살했을 것이라고 생각할 만한 이유는 조금도 없었다. 편지를 처음 손에 쥐었을 때의 충격은 사냥꾼이 느끼는 것과 같았다. 삼 년 전에 실종한 동생을 찾기 위해 몇 달 동안 모든 것을 동원해 추적할 당시의 사냥꾼 같은 본능이 되살아나는 것을 그는 잠시 느꼈다. 동시에 동생을 생각하는 애정, 동생을 만나고 싶다는 숨가쁜 욕망에 사로잡혀 어쩔 줄 모르고 있었다. 최근 며칠 동안—더구나 오늘 아침에도—이렇게 노인의 머리맡에 자기 혼자뿐이라는 씁쓸한 느낌이 들어 몸부림쳤던 것이다. 이렇게 중대하고 힘든 일을 눈앞에 두고, 자기의 책임을 팽개치고 집을 나간 동생을 생각하면 어찌 화를 내지 않을 수 있겠는가? 그러나 이 편지!

그에게 하나의 희망이 떠올랐다. 자크가 있는 곳을 찾아 지금의 사태를 알려서 돌아오게 한다면! 그렇게 되면 혼자는 아니겠구나!

그는 다시 편지를 들었다. '팡테옹 광장 1번지, 을 호… 자리쿠르…'

그는 잠깐 시계를 본 뒤에 수첩을 뒤적였다.

'옳지. 오늘 왕진이 아직 세 군데 남아 있군. 네시 삼십분 삭스가街, 이것은 급한 환자니까 뺄 수 없지. 그리고 아르투아가街의 성홍열 초기, 이것은 봐주어야 하지만 약속은 하지 않았어. 세번째는 회복기 환자, 이것은 좀 나중에 봐주어도 되고.' 그는 일어났다. '곧 삭스가로 가자. 그다음에 자리쿠르를 찾아가야지.'

다섯시쯤에 앙투안은 팡테옹 광장에 이르렀다. 낡은 집. 승강기도 없다. (하지만 마음이 조급해져서 승강기가 있었어도 안 탔을 것이다.) 그는 뛰다시피 해서 계단을 올라갔다.

"선생님께서는 나가셨는데요. 수요일에는… 고등사범학교에서 다섯시부터 여섯시까지 강의가 있으셔서…."

'침착해라' 하고 앙투안은 계단을 내려오면서 자신에게 타일렀다. '그동안에 잠깐 성홍열 환자를 왕진할 수 있겠군.'

여섯시가 좀 못 되어 고등사범학교 앞에서 택시를 내렸다.

동생이 가출을 한 뒤에 교장을 만나러 갔었던 때의 생각이 났다. 또 지금은 벌써 옛날이 된 어느 여름날에, 자크와 다니엘과 함께 이 음침한 건물에 와서 입학시험의 결과를 기다리던 일이 생각났다.

"아직 수업 중입니다. 이층의 층계참에 올라가시지요. 학생들이 나오는 것이 보일 테니까요."

지붕 덮인 운동장, 계단, 복도를 바람이 끊임없이 휙휙 지나가고 있었다. 몇 개 되지도 않는 전등불은 마치 그을음이 나는 램프처럼 보였다. 그 돌길, 원주 회랑, 삐걱 소리를 내며 흔들리는 문짝, 어둡고 황량한 층계, 때에 절은 벽 위에는 찢어진 광고 종이가 가을바람에 날리고 있었다. 그토록 엄숙하고 조용하며 삭막한 분위기는 어느 시골의 영원히 폐쇄된 사제관 같은 느낌을 주었다.

몇 분이 지났다. 앙투안은 꼼짝도 하지 않고 기다리고 있었다. 돌마루 위를 부드럽게 지나가는 발소리가 들렸다. 털이 많고 옷차림이 단정하지 못한 한 학생이 실내화를 끌면서, 그리고 손에 든 병을 흔들면서 앙투안을 뚫어지게 바라보며 지나갔다.

다시 침묵. 그러더니 갑자기 왁자지껄하는 소리가 들렸다. 꼭 의회의 회기를 방불케 하는 소란 속에 문이 열렸다. 학생들은 무리를 짓고, 웃고, 서로 부르고 밀치고 하면서 싸늘한 복도 쪽으로 급히 흩어졌다.

앙투안은 사태를 살피고 있었다. (교수는 제일 나중에 나올 것이 틀림없었다.) 벌집 같은 교실이 텅 비었을 때 그는 다가갔다. 몇 개의 흉상으로 장식되어 있는 어두컴컴한 판자벽 교실 구석에 키가 큰 백발의 노인이 허리를 구부린 채, 무심한 모습으로 탁상 위의 서류를 정리하고 있었다. 자리쿠르가 틀림없었다.

교수는 자기 혼자라고 생각하고 있는 것 같았다. 앙투안이 낸 소리에 얼굴을 찡그리며 몸을 일으켰다. 훤칠한 키였다. 그리고 그가 완두콩 껍질처럼 두꺼운 외눈 안경을 통해 한쪽 눈으로만 보기 때문에 앞을 보려고 반쯤 몸을 돌리자 옆얼굴이 보였다. 누가 있음을 알게 되자 곧 자리에서 일어나 정중한 태도로 자기 쪽으로 오라는 손짓을 했다.

앙투안은 노교수를 상상했었다. 그러나 밝은 빛의 양복을 입고 있었고, 교단이라기보다는 말에서 금방 내린 것 같은 이 신사를 보고 놀라지 않을 수 없었다.

앙투안은 자기소개를 했다.

"…학사원의 같은 동료이신 오스카르 티보 씨의 아들입니다…. 어제 편지를 보내셨던 자크 티보의 형입니다…." 상대가 눈썹을 치켜올리고 정중하기는 하나 거만한 태도로 몸을 움직이지 않는 것을 보고는 단도직입적으로 말을 꺼냈다. "자크에 대해서 아시는지요? 그는 지금 어디에 있습니까?"

자리쿠르는 놀란 듯 안면에 경련을 일으켰다.

"실은 이런 사정이 있습니다." 앙투안은 말을 계속했다. "제가 편지를 뜯어보았습니다. 동생은 지금 실종되었습니다."

"뭐라고요, 실종되었다고요?"

"삼 년 전에 실종되었습니다!"

자리쿠르는 별안간 얼굴을 앞으로 내밀었다. 근시로 사람을 쏘는 듯한 눈은 외눈 안경을 통해 아주 가까이에서 상대의 얼굴을 쳐다보고 있었다. 앙투안은 뺨 위에서 교수의 입김을 느꼈다.

"네, 삼 년 전부터입니다." 앙투안이 되풀이했다. "가출 이유도 확실하지 않고 아버지나 저한테도, 어느 누구한테도 아무런 소식이 없습니다. 선생님만 예외입니다. 그래서 급히 찾아뵙게 된 것입니다…. 우리는 그가 아직 살아 있는지조차 모르고 있었으니까요."

"살아 있는지조차 모른다고요? 살아 있습니다. 작품까지 내고 있으니까요!"

"언제? 어디서?"

자리쿠르는 대답을 하지 않았다. 깨끗이 면도를 했고 깊은 고랑이 진 뾰족한 그의 턱은 높은 칼라 위로 꽤 오만하게 쑥 내밀어져 있었다. 갸름한 그의 손가락은 길고 비단 같은 하얀 수염 끝을 만지작거리고 있었다. 그는 말을 흐리면서 중얼거렸다.

"실은 저도 모릅니다. 작품에 '티보'라는 서명이 있었던 것도 아니고요. 제가 그 필명을 그렇게 생각했을 뿐이지요…."

앙투안은 더듬거리며 말했다.

"필명이라고 하면?" 벌써 끔찍한 실망감이 그의 가슴을 짓눌렀다.

그에게서 시선을 떼지 않고 있던 자리쿠르는 감동되어서 이렇게 고쳐 말했다.

"그러나 제가 틀렸다고는 생각하지 않습니다."

그는 방어 태세를 취했다. 그것은 지나치게 책임을 두려워해서가 아니었다. 천성적으로 남에게 결례하는 것이 싫었고, 또 남의 사사로운 일에 관련되는 것이 두려워서였다. 앙투안은 상대의 경계심을 풀어줄 필요가 있다고 생각했다. 그래서 다음과 같은 설명을 했다.

"무엇보다 곤란한 것은 아버지께서 거의 일 년 동안 절망적인 상태에 계시다는 것입니다. 병세가 점점 악화되어 아마 몇 주 뒤면 세상을 떠나실 것 같습니다. 우리는 단 두 형제뿐이지요. 제가 편지를 개봉한 것도 이런 사정 때문이라는 것을 이해해주시겠지요? 자크가 살아 있어 만날 수 있다면 현재의 사정을 전할 수 있을 테고, 그의 성격을 압니다만, 그렇게 되면 곧 돌아올 것입니다."

자리쿠르는 잠시 생각에 잠겼다. 안면의 경련이 더 심해졌다. 그러더니 자연스럽게 손을 내밀었다.

"그러시다면 이야기가 다르군요" 하며 그가 말했다. "적극적으로 힘이 되어드리겠습니다." 그는 잠시 망설이는 것 같았다. 방 안을 두루 살펴보았다. "여기서는 말씀드릴 수 없습니다. 웬만하면 저의 집까지 함께 가실까요?"

두 사람은 빠른 걸음으로 말 한마디 없이 가랑잎이 날리는 텅 빈 학교를 가로질러 나왔다.

조용한 윌름가街에 이르자 자리쿠르는 다정한 말투로 입을 열었다.

"어떻게 하든지 힘이 되어드리겠어요. 필명이 저한테는 확실한 것으로 생각되었습니다. 자크 보티, 어떠세요? 저는 필적을 알아볼 수 있었어요. 동생분한테서 벌써 편지를 한 번 받은 적이 있거든요…. 아는 대로 말씀드리지요. 그런데 먼저 여쭈어보고 싶은 것은… 왜 가출을 했나요?"

"아, 왜냐고요? 실은 그것에 대해 수긍할 만한 이유를 찾을 수 없었습니다. 동생은 과격한 성격, 고뇌하는 성격의 소유자입니다…. 그렇다고 몽상가라는 말은 아닙니다. 아무튼 그 아이의 행동은 궤도를 벗어난 점이 있습니다. 사람들이 그를 잘 알고 있다고 생각이 들 때마저도, 그날그날의 그는 전날의 그와는 달랐으니까요…. 먼저 말씀드려야 할 것은, 자크는 열네 살에 벌써 한 친구를 꾀어 집을 나갔었는데, 사흘 뒤에 툴롱으로 가는 국도에서 찾았던 일이 있습니다. 의학적으로는—실은 저도 의사입니다만—이런 병적인 가출에 대해서는 오래전부터 책에 적혀 있습니다. 자크의 최초의 가출은 엄밀히 말씀드리면 병적이라고 할 수 있지요. 그러나 삼 년 동안의 이번 실종은? …그렇지만 우리는 그의 생활 속에서 가출할 만한 이유를 하나도 찾아볼 수 없었습니다. 그는 행복했던 것 같습니다. 여름 방학도 가족과 함께 평온하게 지냈습니다. 입학시험에도 아주 좋은 성적으로 합격해서 십일월 초순에 입학하게 되어 있었습니다. 그의 가출은 미리 계획되었던 것 같지 않습니다. 왜냐하면 짐은 물론 돈도 거의 없이 나갔으니까요. 서류 뭉치 몇 개만 가지고 나갔을 뿐입니다. 친구 누구한테도 말하지 않고. 다만 학교 교장 선생님께 퇴학원만 보냈더군요. 저도 그것을 보았는데, 가출한 날짜가 적혀 있었습니다…. 그 당시 저는 마침 이틀 동안 여행을 떠나 집을 비웠었는데, 자크가 가출한 것이 바로 그때였지요."

"그런데… 동생 되는 분은 사범학교 입학을 망설였던 것 같던데요?" 자리쿠르가 넌지시 말했다.

"그렇게 생각하십니까?"

자리쿠르는 더 이상 말하지 않았다. 앙투안도 입을 다물었다.

이 비극적 시기에 대한 추억이 항상 그의 마음을 괴롭혀왔다. 금방 집을 비웠다고 말했는데, 그것은 르 아브르 항구로 여행 갔을 때의 일이었다. 라셸, 로마니아호, 별수 없이 그녀를 빼앗겼던… 그리고 헐떡거리며 파리에 돌아왔던 바로 그날, 집안은 온통 야단법석이었다. 동생이 그 전날부터 들어오지 않았다고 야단이었다. 아버지는 미친 사람같이 고집을 부려 경찰에 알린 다음에, "자살하러 나갔다!"라고 떠들어대며 다른 말은 아무 말도 하려 들지 않았다. 사랑의 비극에 이어 가정의 비극이 덧붙여졌던 것이다. 지금 생각하면 그때는 그런 마음의 충격이 오히려 고맙게 여겨졌다. 동생을 찾아야겠다는 오직 한 가지 생각이 다른 걱정을 전부 떨쳐버리게 했던 것이다. 그는 병원 일이 바쁜데도 불구하고 시간을 내어 여러 군데의 경찰서와 시체 공시장, 사립 탐정 사무소 등을 뛰어다녔다. 모든 것을 몸으로 부딪치지 않으면 안 되었다. 다시 말해서, 병적이고 거추장스럽기만 한 아버지의 흥분. 심히 우려할 정도로 절망적이었던 지젤의 건강 상태. 친구들의 방문. 매일 오는 우편물. 사방으로, 심지어는 외국에까지 손을 뻗었지만, 그러나 끊임없이 헛된 희망만을 안겨주었던 많은 사립 탐정의 조사 결과. 결국 피로에 지친 생활이 당시의 그를 자신으로부터 구원해주었다. 그리고 몇 달에 걸친 허망한 노력 끝에 차츰 수색을 단념해야 했을 때, 그는 라셀 없이 사는 습관이 몸에 배기 시작했던 것이다.

두 사람은 빠른 걸음으로 걸었다. 그럼에도 불구하고 자리쿠르는 계속해서 이야기를 하고 있었다. 도시에서 살아온 성격 때문에 그는 가만히 있지 못했다. 그는 신사다운 친절을 보이면서 이것저것 이야기를 계속했다. 그러나 그가 친절을 베풀면 베풀수록 앙투안은 거리감을 느꼈다.

그들은 팡테옹 광장에 도착했다. 자리쿠르는 걸음을 늦추지 않고 오층 계단을 올라갔다. 자기 집 층계참에 이르자 그는 몸을 쭉 펴고 모자를 벗고는 한 걸음 뒤로 물러나면서, 앙투안 앞에서 마치 '거울의 방'*의 문처럼 문을 열었다.

현관에는 포토프**를 만드는 여러 가지 야채 냄새가 풍겼다. 자리쿠르는 지체하지 않고 의연한 모습으로 서재 앞에 있는 응접실로 손님을 안내했다. 그 작은 방은 다양하게 나무 세공이 된 가구, 엮어 짠 의자, 골동품, 오래된 추상화 등으로 가득 차 있었다. 서재는 어두운 방이었는데, 좁고 천장이 꽤 낮은 느낌이 들었다. 그 이유는 구석 벽에 솔로몬 왕을 방문한 시바 여왕

* 베르사유 궁전에 있는 거울의 방을 말하는 것으로 이 방의 벽면은 큰 거울로 장식되어 있다.

** 고기와 야채를 한데 삶은 스튜.

의 행렬을 나타내는 화려한 장식 융단이 걸려 있었는데, 그것이 벽의 높이와 불균형을 이루고 있을 뿐만 아니라 가장자리를 접지 않으면 안 되었기 때문에, 실물보다 훨씬 크게 그려진 인물들의 다리는 잘려지고 왕관은 천장 돌출부에 닿아 있었기 때문이다.

자리쿠르는 앙투안에게 자리를 권했다. 그리고 자신은 어수선한 마호가니 책상 앞에 놓인 안락의자의 납작하고 빛바랜 쿠션 위에 앉았다. 그가 연구하는 자리가 바로 그곳이었다. 안락의자의 두 손잡이 사이에 있는 올리브색 비로드 바탕 위로, 뒤로 젖힌 머리, 광대뼈가 튀어나온 얼굴, 구부러진 큰 코, 벗겨진 넓은 이마, 흰 가루를 뿌려놓은 듯한 흰 머리카락은 독특한 스타일을 풍겼다.

"자" 하고 그는 가느다란 손가락에서 미끄러져 떨어진 반지를 만지작거리며 말했다. "기억을 한번 모아볼까요…. 동생분과의 처음 교제는 편지로 이루어졌었지요. 그때, 벌써 사오 년 전 일이 되겠습니다만, 동생분은 고등사범학교 입학시험 준비를 하고 있는 것 같았어요. 제 기억으로는 동생분은 제가 옛날에 낸 책에 대해서 저한테 편지를 썼었지요."

"알고 있습니다." 앙투안이 말했다. 『세기의 여명』이란 책이었지요."

"편지는 보관하고 있습니다. 그 어조가 저를 사로잡았었지요. 그래서 답장을 보냈습니다. 그뿐 아니라 한번 방문해달라고 권하기도 했습니다만 이루어지지는 않았습니다. 적어도 그 당시에는 말입니다. 합격한 다음에 저를 찾아왔었지요. 이것이 저와 관계를 맺은 두 번째 단계가 됩니다. 그것은 아주 짧았습니다. 겨우 한 시간쯤 이야기를 했을 뿐이죠. 어느 날 밤 꽤 늦은 시간에 예고도 없이 저를 찾아왔었습니다. 지금부터 삼 년 전, 입학하기 직전에, 그러니까 십일월 초였지요."

"바로 가출 직전이었군요!"

"저는 들어오라고 했습니다. 언제나 젊은 사람들하고 만나고 있으니까요. 정력적이고 열정적인, 그러나 그날 밤에는 거의 들떠 있는 듯하던 모습을 지금도 확실히 기억하고 있습니다." (그날 밤의 자크는 그가 보기에 흥분되어 있었고 상당히 자부심을 느끼고 있는 것처럼 보였다.) "동생 되시는 분은 두 가지 생각 사이에서 망설이며 제 의견을 구하러 왔었습니다. 고등사범학교에 들어가 얌전히 학업을 끝낼 것인가? 아니면 다른 길을 선택할 것인가? 여기에 대해서 그때까지 뚜렷한 생각을 갖고 있지 않았던 것 같습니다. 보아하니 시험을 포기하고 마음대로 공부하면서 글을 쓰고 싶어 하는 것 같았지요."

"저는 눈치채지 못했습니다." 앙투안이 중얼거리듯 말했다. 그는 라셀이 출발하기 전, 한 달 동안의 자신의 생활이 어떠했는지를 생각해보았다. 그리고 자크를 완전히 방임해두었던 자신을 나무랐다.

"솔직히 말씀드려서" 하며 자리쿠르는 상당히 몸에 밴 멋을 부리면서 말을 이었다. "그때 어떤 것을 권했는지는 잘 생각나지 않습니다. 물론, 학교를 그만두지 말라고 권했겠지요. 그런 기질의 사람들한테는 우리의 교육이 어쨌든 해를 끼치지는 않거든요. 그런 사람들은 본능적으로 선택하는 능력을 가지고 있으니까요. 그들은—글쎄 뭐라고 말씀드려야 좋을까요?—좋은 가문의 특징인 버릇없는 데가 있어서 절대로 남의 도움을 받으려 하지 않습니다. 결국 학교는 소심한 사람들이나 빈틈없는 사람들한테 숙명적인 곳이 되겠지요…. 게다가 동생분은 그저 형식적으로 상담하러 왔을 뿐, 결심은 다 하고 온 것 같다는 생각이 들었습니다. 이것 자체가 벌써 어떤 소명, 절대적인 소명을 드러내는 표지가 아닐까요? 그는 저한테 격렬하면서도… 젊은이다운 말투로 대학의 정신, 규율, 몇몇 교수들에 관한 이야기를 했었습니다. 제 기억이 틀림없다면 사회생활, 가정생활까지도 들려준 것 같군요…. 놀라셨나요? 저는 젊은 사람들을 무척 좋아한답니다. 그들은 제가 빨리 늙어가는 것을 막아주고 있지요. 그들은 문학 교수인 나의 내면 깊숙한 곳에 그들이 무엇이든지 스스럼없이 이야기할 수 있는, 거리낌 없는 노시인으로서의 내가 있다는 것을 알고 있습니다. 그리고 동생의 경우도 제 기억이 틀리지 않다면, 이 점은 아주 분명했던 것 같습니다…. 저는 청년들의 편집증을 퍽 좋아합니다. 청년들이 생리적으로 모든 것에 반항하는 것을 저는 오히려 좋은 경향으로 봅니다. 저의 제자들 중에도 큰 인물이 된 사람들은 모두 그런 골칫덩이였습니다. 저의 스승인 르낭* 선생님도 말하듯이 '입에 독을 품고' 인생에 뛰어든 사람들이지요….

그건 그렇고 동생 이야기로 돌아갑시다. 우리가 어떻게 헤어졌는지는 잘 생각나지 않지만, 며칠 후에, 그다음 다음 날이라고 기억되는데, 그로부터 짧은 편지 한 장을 받았습니다. 지금도 제가 가지고 있습니다. 저는 수집광이라고나 할까, 그런 게 있어서요…."

* 에르네스트 르낭.

그는 일어나 책상을 열더니 무슨 서류를 가지고 와서 책상 위에 놓았다.

"아니 편지랄 것도 없습니다. 아무런 서명도 없이 휘트먼의 시를 옮겨 적어놓은 것에 지나지 않았습니다. 하지만 동생 되는 분의 필적을 한 번 본 사람은 절대로 잊을 수가 없지요. 참 잘 쓰지요, 어떻습니까?"

그렇게 말하면서 그는 한 장의 종이쪽지를 펴 보였다. 그리고 슬쩍 한번 보고는 그것을 앙투안에게 내밀었다. 앙투안은 섬뜩했다. 신경질적이고 매우 간략한 필적, 그럼에도 글씨체가 반듯하고 부드러우며 통통한 필적! 자크의 필적….

"유감스럽게도" 자리쿠르는 계속해서 말했다. "봉투는 버린 것 같습니다. 어디에서 썼을까요? …저는 오늘에야 비로소 이 휘트먼의 문구를 인용한 진정한 의미를 알았습니다."

"저는 영어가 서툴러서 읽어도 무슨 뜻인지 모르겠는데요." 앙투안이 고백했다.

자리쿠르는 종이쪽지를 들고, 외눈 안경에 갖다 대면서 번역하기 시작했다.

"A foot and light-hearted I take to the open road… 걸어서 마음도 가볍게, 나는 열린 길, 큰길로 간다네. 건강하고 자유롭게, 세계는 내 앞에 펼쳐져 있네!

내 앞에는, 갈색의 긴 길이 어느 곳이더라도 인도해주지… Wherever I choose… 내가 원하는 어떤 곳이라도!

이제, 나는 어떤 행운도 바라지 않아… 어떤 행운도 호소하지 않아. 나 자신이 행운인 것을!

이제 나는 더 울지도 않지. 나는… postpone no more… 나는 더 기다리지도 않아. 나에게는 아무것도 필요 없으니까!
마음속의 슬픔도, 서재도, 논쟁도 이제는 그만!
씩씩하고 만족스럽게… I travel… 나는 뛰어들지… I travel the open road… 나는 큰길을 활보하지!"*

앙투안은 한숨을 내쉬었다.
잠시 침묵이 흘렀다. 침묵을 앙투안이 깨트렸다.
"소설이라고 말씀하신 것은?"
자리쿠르는 서류 속에서 잡지 한 권을 꺼냈다.
"이것입니다. 『카리오프』 구월호에 나왔습니다. 『카리오프』란 제네바에서 나오는 매우 활발한 젊은이들의 잡지지요."
앙투안은 잡지를 빼앗다시피 해서 받아들고는 떨리는 손으로 책장을 넘겼다. 그는 다시 동생의 필적을 보았다. 「라 소렐리나」**라는 제목 아래 자크는 다음과 같은 글을 써놓았다.

> 십일월의 어느 날 저녁에 당신은 제게 '모든 것은 양극兩極의 힘에 달려 있어. 진리도 항상 양면을 지니고 있고'라고 말씀하시지 않으셨습니까?
> 사랑도 때로는 마찬가지입니다.
>
> 자크 보티

앙투안은 이해할 수 없었다. 그러나 그것은 나중 일로 미루

* 월트 휘트먼, 「열린 길의 노래(Song of the Open Road)」 중.
** la Sorellina. '누이'라는 뜻의 이탈리아어.

자. 제네바에서 나온 잡지. 그렇다면 자크는 스위스에 있는 것인가? 『카리오프』… 제네바, 론가街, 161번지.

아, 잡지사까지 가서 자크의 주소를 알 수 없다면 그때는 어떻게 하지!

그는 가만히 앉아 있을 수가 없었다. 그는 일어났다.

"이 잡지는 여름휴가가 끝날 때쯤 받았습니다." 하고 자리쿠르가 설명을 했다. "답장을 벼르다가 겨우 어제서야 답장을 보냈습니다. 하마터면 편지를 카리오프사에 보낼 뻔했지요. 우연히 생각을 바꿨습니다. 스위스 잡지에 글을 썼다고 해서 반드시 필자가 파리에 없다고는…." (그 결정에 우푯값이 크게 관계 있었다는 말은 하지 않았다.)

앙투안은 더 듣지 않았다. 더 이상 참을 수 없을 만큼 당혹스러워 그는 상기된 얼굴로 알쏭달쏭한 수수께끼 같은 글을 주섬주섬 읽으면서, 동생이 쓴 작품, 되살아왔다고 할 수 있는 자크의 작품을 기계적으로 뒤적거리고 있었다. 이 작품을 읽음으로써 무엇인가 정보를 얻을 수도 있을 것이라고 생각한 그는 빨리 혼자 있고 싶어서 간단히 작별 인사를 했다.

자리쿠르는 방문 앞까지 배웅하면서 여러 가지 상냥한 태도를 잊지 않았다. 그의 말과 태도는 의례서儀禮書에 속하는 것 같았다.

현관에 오자 그는 발을 멈추고는 앙투안이 팔에 낀 「라 소렐리나」를 가리켰다.

"두고 보세요. 두고 보시면 알게 될 겁니다…." 그가 말했다. "이 작품은 확실히 재능으로 가득 차 있다는 것을 저도 잘 알고 있습니다. 그러나 실은… 아니! … 저는 이제 나이를 먹어서요." 앙투안은 예의상 인사하는 동작을 취했다. "아니, 확실히 저는 새로운 것을 알지 못하지요…. 체념하고 받아들여야지요. 머리가 굳어버리거든요…. 음악 쪽은 그래도 좀 나아지고 있답니다. 바그너를 아주 좋아했었는데, 그 뒤로는 드뷔시 음악도 알게 되었지요. 그러나 그것도 잠시! 제가 드뷔시를 저버린 걸까요?… 지금은 확실히, 문학에서는 드뷔시를 저버린 것 같습니다만…."

자리쿠르는 몸을 바로 세웠다. 앙투안은 감탄 어린 호기심으로 그를 쳐다보았다. 실로 이 노신사는 외모가 훌륭하다고 할 만했다. 그는 천장 등의 불빛을 받고 서 있었다. 이마와 머리카락도 함께 빛나고 있었다. 외눈 안경을 낀 눈도 가끔 석양을 받은 창문처럼 금빛으로 빛나고 있었다.

앙투안은 새삼 자리쿠르의 예우에 감사의 뜻을 표하려고 했다. 그러나 상대방은 예의 바른 것을 전매특허로 생각하는 모양이었다. 상대방의 말을 가로막고는 팔을 뻗어 호걸같이 크게 벌린 손을 내밀었다.

"아버님께 안부 전해주십시오. 그리고, 소식이 있으면 꼭 알려주십시오…."

5

바람이 그치고 이슬비가 오고 있었다. 그리고 가로등 불빛은 안개 속에서 뽀얗게 무리를 만들고 있었다. 일을 착수하기에는 너무 늦은 시각이었다. 앙투안은 빨리 돌아가야겠다는 생각뿐이었다.

정거장에는 택시가 한 대도 없었다. 그는 「라 소렐리나」를 꼭 껴안은 채 수플로가街를 걸어 내려가야만 했다. 그러나 발을 내디딜 때마다 그의 조바심은 더해져 드디어는 참을 수 없게 되었다. 마침 큰길 모퉁이에 환하게 불이 켜진 그랑드 브라스리*가 보였다. 조용하지는 않겠지만 적어도 당장 쉴 만한 곳은 될 것 같기에 그곳으로 들어섰다.

입구에서 그는 아직 수염이 나지 않은 두 청년을 지나쳤다. 둘은 팔짱을 끼고 웃으면서 이야기를 나누고 있었다. 대충 사랑 이야기가 아닐까? 앙투안 귀에는 이런 말이 들렸다. "아니야, 만일 인간 정신이 이 두 용어의 관계를 인정하게 된다면…." 앙투안은 라틴 구區** 중심부에 와 있다는 것을 느꼈다.

아래층 테이블은 모두 차 있었다. 그래서 층계를 올라가기 위해 뿌연 담배 연기 속을 헤치고 지나가야만 했다. 중이층은 노름하는 사람들이 차지하고 있었다. 당구대 주위에는 지껄이는 소리, 웃음소리, 언쟁 소리가 한창이었다. "십삼! 십사! 십오!"—"이런, 틀렸구나!"—"또 미끄러졌어!"—"위젠, 한 잔 더!"—"위젠, 비르*** 한 잔 더!" 떠들썩한 소란 속에 당구공이 부딪히며 나는 차가운 소리가 모스 부호의 스타카토 같은 소리를 냈다.

거기에 있는 사람들의 얼굴은 모두 젊어 보였다. 수염이 갓

* 맥주 등을 마시는 술집.

** 파리 5구에 있는 대학가.

*** 아페리티프의 일종인 적포도주.

난 얼굴에 숨겨진 장밋빛 볼, 안경 너머로 비치는 맑은 눈, 서투름, 활발함, 또 미소가 보여주는 서정미, 이 모든 것이 부푼 기쁨, 온갖 희망으로 넘치는 즐거움, 사는 즐거움을 말해주고 있었다.

앙투안은 사람들 사이를 누비며 외진 곳의 빈자리를 찾았다. 이렇게 젊은이들이 모여 있는 모습은 그를 잠시나마 강박 관념으로부터 해방시켜 주었다. 그리고 처음으로 삼십 세라는 자신의 나이를 뼈저리게 느꼈다.

'1913년…' 하고 그는 생각했다. '젊고 발랄한 세대… 십 년 전의 내 청춘 시대보다도 훨씬 건강하고 아마 더 활발한 이 세대….'

그다지 여행을 한 일이 없는 그는 지금까지 조국이라는 것을 별로 생각해본 적이 없었다. 그러나 오늘 밤에 그는 프랑스에 대하여, 조국의 장래에 대하여 어떤 새로운 느낌, 신뢰와 자랑스러움을 맛보았다. 이렇게 느끼면서 그는 갑자기 우울한 생각이 들었다. 자크는 그런 약속된 사람 중의 하나였을 텐데…. 도대체 어디에 있을까? 지금쯤 무엇을 하고 있을까?

방구석에는 몇 개의 테이블이 비어 있었는데, 그것은 휴대품을 놓는 자리로 이용되고 있었다. 그는 벽에 붙어 있는 전등 밑, 외투가 방벽처럼 가리고 있는 자리가 과히 나쁘지 않으리라고 생각했다. 주위에는 조용히 있는 한 쌍의 남녀 외에는 아무도 없었다. 어린 티가 흐르는 남자는 입에 파이프를 물고, 『위마니테』*를 읽고 있었는데, 같이 온 여자에 대해서는 아주 무관심한 태도였다. 여자는 여자대로 따뜻한 우유를 홀짝홀짝 마시면서 손톱을 다듬고, 잔돈을 세거나, 손거울로 치아를 들여다보며 새로 들어오는 사람들을 흘끗 쳐다보곤 했다. 주문도 하기 전에 책에 골몰하는 앙투안의 모습이 잠시 그녀의 주의를 끌었다.

앙투안은 읽기 시작했다. 그러나 아무래도 주의를 집중할 수가 없었다. 무심코 맥을 짚어보았다. 몹시 빨리 뛰고 있었다. 그렇게 스스로를 억제하지 못한 것도 드문 일이었다.

첫머리가 왠지 사람의 마음을 휘저어놓았다.

폭염, 메마른 흙냄새, 먼지. 길이 뻗어 있다. 말발굽 아래 암석에서 불꽃이 튄다. 시빌은 앞서간다. 상파울루 사원에서 열시가 울린다. 실을 풀어놓은 듯한 연안이 눈부신 푸르름 위로 두드러져 보인다. 창공과 황금빛. 오른쪽으로 끝없는 나폴리만灣. 왼쪽으로는 약간 응고된 황금빛이, 녹아 흐르는 황금빛으로부터 솟아오른다. 카프리섬.

자크는 이탈리아에 있는 것일까?

앙투안은 성급하게 몇 장을 뛰어넘었다. 이상한 문체….

그의 아버지. 아버지에 대한 쥐세페의 감정. 아버지 마음에 가까이할 수 없는 부분, 가시덤불, 타는 듯한 감각. 무분별하고 과격하며 삐뚤어진 상태에서의 몇 년 동안의 숭배. 자연스러운 모든 열정은 짓밟히고 별수 없이 증오심에 몸을 맡겨야 했던 이십 년의 세월. 증오

* 프랑스에서 발간되는 공산주의 신문으로 장 조레스가 창간하고 1914년까지 그가 편집했다.

할 수밖에 없음을 알아야 했던 이십 년의 세월. 기꺼이 증오하라.

마음이 언짢아진 앙투안은 읽는 것을 멈추었다. 쥐세페가 누구일까? 그는 첫머리로 되돌아왔다. 될 수 있는 대로 침착하려고 애썼다.

처음 장면은 젊은 두 남녀가 말을 타고 산책하고 있는 장면으로서 그중 쥐세페는 자크라는 생각이 든다. 함께 있는 시빌은 이런 말을 하는 것으로 보아 영국 소녀인 것 같다.

영국에서는, 그래야만 한다면, 일시적인 상태로 만족해요. 그 결과 우리들은 자유롭게 무엇인가를 결정하고 행동할 수 있지요. 당신네 이탈리아 사람들은 결정적인 것을 좋아하는군요. 그녀는 생각한다. 적어도 이 점에서, 나도 벌써 이탈리아 사람과 비슷한걸. 그가 알아봤자 소용은 없지만 말이야.

언덕 위에서 두 젊은이는 말에서 내려 잠시 쉰다.

그녀는 먼저 말에서 내려, 갈색의 풀을 채찍으로 건드려 도마뱀을 쫓아낸 다음에, 거기에 앉는다. 타는 듯한 땅바닥에 몸을 세운 채.

시빌, 별을 쬐고 있니?

쥐세페는 흙벽을 따라 좁은 그늘 속에 드러눕는다. 그는 뜨겁고 거친 벽에 머리를 기대며 그녀를 바라본다. 그는 이렇게 생각한다. 그녀는 우아한 행동만을 하면서도 결코 자신에 대해 만족하지 않아.

앙투안은 몹시 흥분해 있었기 때문에 읽어 내려가기도 전에 빨리 뜻을 알고 싶은 마음이 앞섰다. 읽어 내려가다가 다음과 같은 문장에 눈길이 갔다.

그녀는 영국인이며 프로테스탄트이다.

그는 그 구절을 계속 읽었다.

그에게는 그녀의 모든 것이 특별하다. 사랑스럽고 가증스러움. 그 매력, 그가 알지 못하는 미지의 세계에서 그녀가 태어나고 자랐으며 그곳에서 살고 있다. 시빌의 슬픔. 그녀의 순수함. 우정. 그녀의 미소. 아니, 그녀는 눈으로 미소 짓는다. 결코 입술로 웃지 않는다. 그녀에 대한 그의 엄격하고, 격렬하고, 까다로운 감정. 그녀는 그에게 아픔을 준다. 그녀는 그가 자기보다 비천한 가문의 출신이기를 바라면서, 그 때문에 괴로워하는 것 같다. 그녀는 말한다. 당신은 이탈리아 사람. 당신은 남쪽 사람. 반면에 자신은 영국인이며 프로테스탄트이다.

자크가 만나 사랑했던 여자일까? …지금 그녀와 살고 있지는 않을까?

포도 덩굴, 레몬 나무 사이를 내려간다. 바닷가, 어두운 눈빛, 누더기 아래로 어깨를 드러낸 어린아이가 몰고 가는 소 떼. 그는 뒤에 따르는 두 마리 흰 개를 부르려고 휘파람을 분다. 앞서가는 암소의 방울이 울린다. 끝없이 넓은 벌판. 태양. 걸을 때마다 모래에 물구덩이의 흔적을 남긴다.

이런 묘사는 앙투안을 조바심 나게 해서, 또 두 페이지를 건너뛴다.

이것은 자기 집에서의 시빌의 모습이다.

루나도로 별장. 장미꽃으로 둘러싸인 허물어져 가는 건물. 다년생 꽃으로 가득한 두 개의 화단….

문학적이군…. 앙투안은 책장을 넘겼다. 다음 구절에 시선이 갔다.

장미밭. 진홍색의 난무, 꽃다발로 된 낮은 궁륭, 햇빛이 비칠 때 그 향기는 참을 수 없을 정도로 피부에 스며들고, 혈관에 스며들어 와 눈을 흐리게 하고, 심장의 고동을 늦추거나, 혹은 빨리 뛰게 한다.

이 장미밭은 무엇인가를 기억나게 하는데? 그것은 흰 비둘기가 춤추는 새장으로 이어진다. 메종 라피트? 프로테스탄트! 그렇다면 시빌은? …여기에 그녀의 모습이 그려져 있다.

승마복을 입은 시빌은 긴 의자 위에 몸을 던졌다. 두 팔을 벌리고, 입술을 꼭 다문 채, 차가운 눈을 하고. 혼자 있게 되면 모든 것이 분명해진다. 자신의 삶은 쥐세페를 행복하게 해주기 위해서 주어졌을 뿐. 그가 없을 때 나는 그를 그리워한다. 그가 오기를 절망적으로 기다리던 날에도 막상 그가 오면 나는 그를 괴롭힐 것이 틀림없다. 이 어리석은 잔인함. 수치심. 울 수 있는 여인들은 행복하다. 닫혀 있고 경직된 나의 마음.

경직되었다고? 앙투안은 미소를 지었다. 의사의 용어, 확실히 자기가 말했던 용어였다.

그는 내 마음을 알고 있을까? 내 마음을 알아주면 얼마나 좋을까? 그러나 나는 그가 내 마음을 알아차리자마자, 어쩔 수 없이, 나는 더 이상 아무것도 하지 못하고, 나는 되돌아서서 되는대로 거짓말을 하고, 결국 도망갈 수밖에 없다.

이번에는 그녀의 어머니이다.

파우엘 부인이 현관 앞 층계를 내려온다. 그녀의 흰 머리털에 햇빛이 가득하다. 부인은 손으로 눈을 가리며 시빌의 모습을 보기도 전에 미소 짓는다. 윌리엄한테서 편지가 왔다고 말한다. 아주 흐뭇한 편지. 그는 두 가지 연구를 더 시작해서 몇 주일 동안 패스텀에 머물 것이다.

시빌은 입술을 깨물고 있다. 절망. 그녀는 자기 마음을 살펴보기 위해, 자신의 마음을 알기 위해, 오빠가 돌아오는 것을 기다리고 있는 것일까?

더 이상 의심의 여지 없이 퐁타냉 부인, 제니, 다니엘, 여러 가지 추억의 집결체이다.

앙투안은 읽어 내려갔다.

그는 다음 장을 뒤적인다. 다시 한번 아버지 세레노에 대해 쓴 구절을 보고 싶어졌다.

여기 있구나…. 아니, 이것은 세레노 저택의 이야기, 바닷가에 세워진 낡은 저택의 이야기이다.

…프레스코 벽화에 무늬로 가장자리를 두른 아치형의 긴 창문들…

해만과 베쥐브호의 묘사.

앙투안은 무엇인가를 이해하려고 여기저기 문장을 읽으면서 페이지를 넘겼다.

쥐세페는 여름 별장에서 하인들하고만 살고 있었다. 여동생 아네타는 외국에 나가 있다. 어머니는 물론 세상을 떠나셨다. 아버지인 고문관 세레노는 고위 사법관이라는 직업 때문에 나폴리를 떠날 수 없어서, 일요일이나 평일 저녁때나 모습을 나타낼 정도였다. '메종 라피트에서 아버지가 하시던 것과 똑같구나' 하고 앙투안은 생각했다.

그는 저녁 식사를 하기 위해 배에서 내리곤 했다. 소화. 담배, 그리고 기둥 회랑에서의 산보. 아침 일찍 일어나 말구종, 정원사들을 야단친다. 그는 말없이 아침 첫 배로 돌아간다.

아, 아버지의 모습…. 앙투안은 몸을 떨면서 읽어 내려갔다.

고문관 세레노. 사회적으로 성공. 그에게 모든 것은 서로 섞이고, 서로 보완된다. 가정 환경, 재산 상태, 뛰어난 전문 지식, 조직적인 정신. 모든 사람들이 인정하고 있는 그런 공공연한 권위, 모난 우직함. 매우 준열한 처신. 그리고 그 용모. 믿음직스러움, 단단한 몸집.

항상 상대에게 위협을 주고, 언제나 자제하는 가운데 드러나는 그 격렬함. 누구보다 존경받고 모든 사람을 무릎 꿇게 하는 당당하면서도 좀 우스꽝스러운 사람, 독실한 신자이며, 모범적인 시민. 바티칸, 궁전, 재판소, 사무실, 가정, 식탁, 그 어디에 있어도 명철하고 힘차며, 어느 한구석 비난받을 곳이 없는 충족된, 요지부동의 인물. 하나의 힘. 아니, 더 적절하게 말하면, 하나의 무게. 활동적인 힘이 아니라 짓누르는, 움직이지 않는 힘. 완성된 총체, 총화. 일종의 기념비적인 인물.

아, 그의 차갑고 내면적인 웃음….

앙투안 눈앞에서 모든 것이 한순간에 뒤죽박죽이 되었다. 자크가 이런 식으로까지 생각한 데 대해 그는 무척 놀랐다. 쇠잔해진 노인을 생각할 때 복수심에 가득 찬 이 글이 그에게는 무척 냉혹하게 여겨졌다.

활기찬 말아,
귀여운 말아…

그와 동생 사이에 갑자기 거리감이 생겼다.

아, 모욕적인 침묵을 끝내기 위한, 그의 차갑고 내면적인 웃음. 이십 년 동안 계속해서 쥐세페는 이런 침묵, 이런 웃음을 참아왔다. 마음속으로 반항하면서.

그렇다. 쥐세페의 과거는 증오와 반항의 연속이었다. 그가 젊은 시절을 생각할 때면 복수심이 끓어오른다. 아주 어릴 때부터 그의 본능이 형태를 갖춤에 따라 그의 본능은 아버지에 대한 투쟁을 시작했다. 모든 것이, 무질서, 불손함, 게으름, 그 모든 것을 반항의 기분에서, 보라는 듯이 해버렸던 것이다. 열등생이었으면서도 그런 자신에 대한 부끄러움. 그러나 그렇게 함으로써, 그가 가장 미워하는 그 규율에 반항할 수 있는 것이다. 가장 나쁜 짓을 저지르고 싶다는 억제할 수 없는 욕망. 반항에는 보복의 맛이 섞여 있다.

사람들은 정이 없는 아이라고 한다. 그러나 그는 상처받은 동물의 우는 소리, 거지가 켜는 바이올린 소리, 교회 현관 아래에서 마주친 시뇨라*의 미소를 보고도 밤에 침대 속에서 혼자 울곤 했다. 고독, 삭막함, 버림받은 소년 시절. 여동생 이외의 누구한테서도 따뜻한 말 한마디 듣지 못한 채 쥐세페는 성년이 되었다.

'나는 어떻게 했었지?' 앙투안은 생각했다.

여동생 이야기를 할 때 미묘하게 와닿는 따뜻한 느낌이 있었다.

아네타, 아네타, 소렐리나. 이처럼 메마른 토양에서 그녀가 꽃필 수 있었던 것은 기적이다.

여동생, 어린 시절의 절망과 반항의 친구였던 여동생. 이 불모의 그림자 속의 유일한 광명, 시원한 샘물, 유일한 샘물.

'그러면 나는?' 여기에 씌어 있군. 좀 아래에, 형 움베르토의 이야기가 적혀 있군.

* '소녀'라는 뜻의 이탈리아어.

가끔 쥐세페는, 형의 시선 속에서, 자기를 동정해주려는 노력을 본다….

노력이라고? 배은망덕한 놈!

…관용이라는 삐뚤어진 동정이었다. 그러나 둘 사이에는 십 년이란 세월의 심연이 가로놓여 있었다. 움베르토는 쥐세페를 피하고 있었고, 쥐세페도 움베르토에 대해 위장하고 있었다.

앙투안은 읽던 것을 멈추었다. 첫머리에서 느꼈던 불쾌한 감정은 말끔히 사라져버렸다. 이 글의 소재가 지극히 개인적이라는 것은 중요하지 않았다. 그는 자신에게 반문해보았다. 자크의 판단이 어떤 가치가 있을까? 전체적으로 이 모든 것은, 특히 움베르토에 관한 부분은 너무나 정확했다. 그러나 얼마나 원망에 찬 숨결인가! 삼 년 동안이나 집을 떠나 고독하게 살며, 삼 년 동안 가족의 소식을 모르고 있으면서도, 이런 투로 쓸 수 있는 것으로 미루어 보아 자크는 자기 과거를 미워하고 있는 것이 틀림없다! 앙투안은 불안해졌다. 만약 동생의 행방을 알더라도 과연 그 마음의 구석까지 다시 찾을 수 있을까?

그는 움베르토 이야기가 또 있나 하고 작품의 나머지 부분을 뒤적여보았다…. 그러나 거기에는 잠깐 이름이 나올 뿐이었다. 약간의 남모를 실망감….

그러나 그의 눈은 우연히 어느 한 구절에 쏠렸는데 그 어투가 호기심을 자극했다.

친구도 없이, 몸을 웅크리고, 스스로의 무질서한 생활에 굴복한 채, 여러 가지 충격에 몸을 맡기고는….

로마에서 혼자 보낸 쥐세페의 생활, 어떤 외국 도시에서 보낸 자크의 생활이 그렇다는 말인가?

여러 날 밤. 방 안 공기가 너무 무겁다. 책이 떨어진다. 그는 램프를 불어 끄고는 젊은 늑대같이 밖으로 나간다. 메살리나*의 역사를 생각나게 하는 로마, 유혹의 구렁텅이가 깔려 있는 더러운 거리. 부끄러움도 없이 깊이 늘어뜨린 장막 속의 이상한 불빛. 모여든 그림자, 스스로를 드러내 놓고 탐색하는 그림자, 음탕. 그는 복병이 기다리는 벽을 따라 뛴다. 자기 자신을 회피하는 것일까? 어떻게 이 갈증을 진정시킬 수 있을까? 몇 시간이나, 그는 아직 체험하지 못한 광기에 사로잡혀, 눈에 불을 켜고, 손에는 열이 나고, 목은 타고, 마치 몸과 영혼을 팔아버린 사람같이 스스로의 타인이 되어, 무감각하게, 길을 헤맨다. 불안에 젖은 땀, 음탕한 땀. 그는 배회하며, 골목을 헤매며 돌아다닌다. 똑같은 올가미를 수없이 스쳐 지나간다. 여러 시간 동안.

너무 늦었다. 이상한 장막 속의 불도 꺼진다. 거리에는 인적이 드물어진다. 자신의 악마와 함께 있을 뿐. 어떤 타락에도 마음의 준비가 되어 있다. 그러나 때는 지났다. 욕망을 지나치게 생각한 나머지, 이제는 힘도 빠지고 마음도 시들었다.

새벽이 다가오고 있다. 뒤늦게 찾아드는 침묵의 청결함, 거룩한

* 로마의 황후로 밤마다 거리에 나와 매춘 행위를 했다고 한다.

여명의 고요함. 때는 늦었다.

실망하고 지친 채, 불만스럽고 처참해진 그는 겨우 방까지 돌아와 이불 속으로 기어든다. 후회는 없다. 자신에게 속았을 뿐. 푸르스름한 새벽이 밝아올 때까지, 시도도 해보지 못한 것을 씁쓸하게 되새기면서.

왜 이런 문장이 앙투안에게는 고통스럽게 느껴지는 것일까? 그는 동생이 벌써 여러 가지 체험을 하고, 수많은 여자와의 접촉으로 몸도 더럽혀졌으리라 짐작했다. 그는 이렇게 웃어넘기려고 생각했다. '할 수 없지!' 또는 '잘됐어!' 하지만….

그는 급히 몇 장을 넘겼다. 도저히 순서대로 읽을 수가 없었다. 그래서 줄거리의 흐름만 대충 훑어보았다.

바닷가 기슭에 있는 파우엘 별장은 세레노 저택과 별로 떨어져 있지 않았다. 방학 동안 쥐세페와 시빌은 이웃지간이었다. 말을 타고 산책, 또 저녁때의 뱃놀이….

쥐세페는 루나도로의 별장에 매일 왔다. 시빌은 어떤 만남도 거절하지 않았다. 시빌의 수수께끼. 쥐세페는 아무런 즐거움도 없이, 주위를 맴돌았다.

이런 쥐세페의 사랑 이야기가 전부를 메우고 있었다. 앙투안은 그것이 짜증스럽게 여겨졌다.

그러나 그는 부분적으로 꽤 긴 한 장면을 읽어보지 않을 수 없었다. 그것은 두 젊은이 사이에 일어난 그럴듯한 이별의 이야기를 서술하고 있었다.

저녁 여섯시. 쥐세페는 별장에 도착했다. 시빌. 정원은 향기에 취해 해를 받은 하루를 발효시키고 있었다. 전설 속의 왕자 같은 쥐세페는 불붙는 듯한 흙담 사이, 저녁노을에 물든 석류꽃이 만발한 오솔길을 걸어간다. 시빌, 시빌. 아무도 없다. 닫혀진 창, 내려진 발. 그는 걸음을 멈춘다. 주위에는 미친 듯한 제비 떼가 날카로운 소리를 내며 하늘을 난다. 아무도 없다. 어쩌면 정자 뒤, 또는 집 뒤에 있을까? 뛰어가고 싶은 마음을 억누른다.

별장의 한 모퉁이, 얼굴에 불어오는 바람, 피아노 소리. 시빌. 응접실의 창문이 열려 있다. 무엇을 치고 있을까? 비통한 한숨 소리, 저물어가는 저녁의 대기 속에서 피어오르는 애처로운 질문. 사람들의 말소리, 들리긴 하지만 결코 분명한 말로 옮길 수 없는 이해할 수 없는 말. 그는 귀를 기울이고, 다가가 문지방에 발을 올려놓는다. 시빌은 아무것도 알아듣지 못하고 있다. 부끄러움도 없이 드러낸 얼굴. 깜박이는 두 눈, 꼭 다문 입, 모든 것이 마음속을 이야기하고 있다. 그녀의 영혼은 이 얼굴 모습 아래 숨겨져 있고, 영혼과 사랑은 바로 이 얼굴이다. 환히 들여다보이는 저 고독, 드러난 비밀, 능욕인가, 은밀한 포옹인가. 그녀는 피아노를 계속 친다. 경이의 이 순간에 소리의 물결이 흐른다. 마치 공간 속에서 새가 날아 사라지듯, 탄식은 멎고, 고통은 가벼워져 하늘을 날다가 잠시 정지했다가는 침묵 속에 녹아든다.

시빌은 두 손을 들어 올렸다. 피아노 소리가 울린다. 손바닥을 거기에 얹기만 하면 발랄한 마음의 설렘도 들을 수 있겠지. 그녀는 혼자라고 믿고 있다. 고개를 돌린다. 천천히, 그가 몰랐던 우아함. 갑자기….

문학적이군, 아주 문학적이야! 이렇게 계획적으로 쓰고, 짧고 거친 문체는 짜증 나는군.

자크는 정말 제니를 좋아했을까?

앙투안의 상상력이 소설의 이야기를 앞질렀다. 그는 다시 본문으로 돌아왔다.

여기에 다시 움베르토의 이름이 시선을 끌었다. 세레노 저택에서의 짧은 장면, 아버지가 형과 함께 느닷없이 저녁 식사에 왔을 때의 일.

넓은 식당. 베쥐브호가 연기를 뿜는 장밋빛 하늘을 향해 올라가는 아치형의 세 개의 창문. 회를 바른 벽. 정밀한 묘사화가 그려져 있는 궁륭을 떠받친 녹색 기둥.

식전의 기도. 고문관의 통통한 입술이 움직인다. 그의 성호가 방을 가득 채운다. 움베르토도 때를 맞추어 성호를 긋는다. 쥐세페는 심술궂게 성호를 긋지 않는다. 모두 자리에 앉는다. 흰 식탁보의 정결함. 너무 멀리 떨어져 있는 세 개의 식기. 펠트 덧신을 신은 필립포. 손에 든 은쟁반.

그 뒤를 계속 읽는다.

아버지 앞에서는 파우엘가家의 이름조차 입에 담을 수 없다. 아버지는 윌리엄과 만나는 것을 인정하지 않았다. 외국인. 화가. 이탈리아는 방랑자들이 몰려드는 교차로이다. 아버지는 작년에, 그들 이교도를 만나서는 안 된다고 단호하게 말했다.

내가 그의 말을 따르지 않음을 그는 생각이나 할까?

앙투안은 초조해져서 몇 장을 넘긴다.
여기에 또 형의 모습이 묘사되고 있다.

움베르토는 악의 없는 몇 마디를 던진다. 침묵이 다시 깃든다. 움베르토, 뛰어난 머리. 명상적이고 의연한 시선. 밖에 나가면 젊고 발랄한 그일 텐데. 이제는 학업을 끝냈다. 그의 앞에는 찬란한 미래가 기다린다. 쥐세페는 형을 좋아한다. 그러나 형으로서가 아니라 친구가 되어줄 수 있는 삼촌으로서 말이다. 오랫동안 둘만이 함께 있었다면 이야기를 하는 쪽은 쥐세페일 것이다. 둘이 마주 앉는 것도 드문 일이지만, 그럴 경우에도 모든 것은 처음부터 꾸며져 있었다. 움베르토와는 어쩐지 친근감이 들지 않는다.

'그럴 수밖에' 하고 앙투안은 1910년 여름을 회상하면서 이렇게 중얼거렸다. "라셀 때문이야. 내가 잘못했었지."

그는 읽기를 그만두었다. 그리고 생각에 잠기면서 피로에 지쳐 의자 등에 머리를 기댔다. 그는 실망했다. 이런 문학적인 객설로는 아무것도 알 수가 없었으며, 그 출발 동기를 묘연하게 만들었다.

오케스트라가 비엔나풍의 오페레타를 연주하고 있었다. 모든 사람들이 그것을 낮은 목소리로 따라 부르고, 모습은 안 보이지만 여기저기 휘파람 소리도 들리고 있었다. 얌전한 두 남녀는 몸을 움직이지 않고 있었다. 여자는 우유를 다 마시고는 담배를 피우면서 지루해했다. 그러면서 **인권**이라는 신문을 펼쳐 든 남자의 어깨에 손을 얹고는 고양이같이 하품을 했다.

'여자는 별로 없군.' 앙투안은 생각했다. '게다가 전부 어린애

들 뿐이고…. 그러나 결국 뒷전으로 밀려난 모양인데… 바람피우는 상대 정도군.'

두 테이블에 자리 잡은 학생들 사이에 무엇인지 논쟁이 벌어지고 있었다. 페기*와 조레스**의 이름이 떠들썩하게 터져 나왔다.

턱이 푸르스름한 젊은 유태인이 잡지 『인권』을 읽고 있는 남자와 암고양이 같은 여자 사이에 와 앉았다. 암고양이 같은 여자는 이제 지루하지 않게 되었다.

앙투안은 계속 읽으려고 노력했다. 하지만 어디까지 읽었는지를 잊어버렸다. 잡지를 뒤적이면서 「라 소렐리나」의 마지막 몇 줄에 우연히 시선이 갔다.

…이곳에서는 삶도, 사랑도 불가능하다. 이젠 안녕.

…미지의 유혹, 새로운 내일의 유혹, 도취. 잊어버리고 모든 것을 새롭게 시작하는 것이다.

로마행 첫 기차. 로마에서 제노바행 첫 기차. 제노바에서 떠나는 첫 배.

앙투안의 관심을 대번에 끌어올리는 데는 이것으로 충분했다. 침착하자. 자크의 비밀은 이 문장 속에 숨겨져 있다! 침착

* 샤를 페기(Charles Péguy). 프랑스의 시인, 신비 사상가이자 가톨릭주의자. 제1차 세계대전에서 전사했다.

** 장 조레스(Jean Jaurès). 프랑스의 위대한 사회주의자로 1914년 7월 31일 밤에 저격을 받아 사망했다. 『티보가 사람들』 7부 「1914년 여름」에서 조레스의 암살 부분이 자세히 얘기되고 있다.

하게, 한 장 한 장, 끝까지 읽어나가자.

그는 다시 앞으로 되돌아와, 두 손으로 이마를 감싸고는 정신없이 읽었다.

이것이 아네타, 곧 소렐리나가 학업을 마치고 스위스의 수도원에서 집으로 돌아오는 장면이다.

아네타는 조금 변해 있다. 전에는 하녀들의 자랑거리였던 아네타. E una vera napolitana.* 귀여운 나폴리 아가씨. 통통한 어깨. 거무스름한 피부. 도톰한 입술. 그 눈은 아무렇지도 않은 일에 또 모든 일에 웃음을 터뜨린다.

그런데 왜 이 이야기에 지젤을 끌어들였을까? 무엇 때문에 그녀를 쥐세페의 친여동생으로 만들었을까? …게다가 오빠와 여동생 사이의 첫 장면부터 앙투안에게는 어떤 불편함이 느껴졌다.

쥐세페는 아네타를 마중 나갔다. 둘은 마차를 타고 세레노 별장으로 돌아온다.

산등성이 너머로 해는 기울었다. 하늘거리는 양산 아래 낡은 마차의 조용한 흔들림. 그림자. 갑작스러운 냉기.

아네타. 그녀의 수다. 그녀가 쥐세페의 팔에 팔짱을 꼈다. 그리고 그녀는 말한다. 그는 웃는다. 오늘 저녁까지 그는 얼마나 고독했던가. 시빌은 외로움을 덜어주지 못했다. 시빌, 시빌, 영원히 맑고 어두

* '전형적인 나폴리 아가씨'라는 뜻의 이탈리아어.

운 물, 눈이 부실 정도로 순수한 시빌.

마차 주변의 경치가 줄어든다. 황혼에서 밤으로 옮아감.

아네타는 옛날같이 몸을 움츠린다. 재빠른 입맞춤. 타는 듯하고 먼지로 껄껄한 부드러운 입술. 옛날같이. 수도원에서도 웃고 이야기하고 키스했었지. 옛날과 다름없는 오빠와 여동생. 쥐세페는 시빌을 사랑하면서도 지금 소렐리나의 입맞춤에 타는 듯한 감미로움을 느낀다. 그는 그녀에게 키스한다. 눈 위에, 머리에, 아무 데나. 소리가 크게 나는 오빠의 키스. 마부가 웃는다. 그녀는 수도원 이야기, 시험 본 것에 대해 말한다. 쥐세페도 두서없이 아버지, 가까워오는 가을, 장래의 일을 이야기한다. 자제해서 파우엘의 집 이야기는 하지 않으려고 마음먹는다. 아네타는 독실한 신자이다. 그녀의 방에는 성모의 제단에 여섯 개의 푸른 초가 있다. 유태인들은 하느님의 아들을 알아보지 못했기 때문에 예수를 십자가에 못 박았다. 그러나 이교도들은 알고 있었다. 다만 그들은 자만심에서 진리를 거부했던 것이다.

아버지가 집을 비운 사이에 오빠와 여동생은 세레노 별장에 있게 되었다.

다음 몇 페이지는 앙투안에게 처음부터 끝까지 불쾌한 것이었다.

그다음 날, 쥐세페가 아직 누워 있을 때 아네타가 들어온다. 역시 아네타는 조금 변해 있었다. 여전히 크고 맑은 약간 놀란 것 같은 눈빛, 그러나 전보다 더 뜨겁고 작은 일에도 끝없는 감동을 보일 것 같은 눈길. 그녀는 이제 막 잠자리에서 일어났다. 아직도 나른하고 수줍어한다. 헝클어진 머리, 애교가 없는 어린애 같은 모습. 그것도 옛날 그대로다. 그녀는 벌써 짐 속에서 스위스의 기념품들, 여러 가지 그림들을 꺼냈다. 그녀의 입술은 가지런한 이 위를 오간다. 스키를 타다가 넘어졌던 일, 눈 속의 뾰족한 바위. 아직도 무릎에 흉터가 남아 있어요, 한번 보세요. 실내복 아래 그녀의 장딴지, 발. 그녀의 드러난 허벅지. 그녀는 곱게 탄 피부 위의 마치 엷은 색 단춧구멍 같은 상처를 만져본다. 아무 생각 없이. 그녀는 즐겁게 자신의 살을 쓰다듬는다. 아침저녁으로 그녀는 거울을 보며 자신의 육체에 미소를 보낸다. 그녀는 말을 한다. 여러 가지 생각이 주마등처럼 지나간다. 승마 연습. 나는 오빠하고 말이나 조랑말을 타고 싶어요. 승마복을 입고 파도치는 해변가를 달리는 거예요. 그녀는 여전히 상처를 만지며 빛나는 무릎을 폈다 굽혔다 한다. 쥐세페는 눈을 깜박거리고 침대 위에 눕는다. 실내복이 원래대로 내려진다, 마침내. 그녀는 창문 쪽으로 뛰어간다. 만 위로 비치는 아침 햇살. 게으름뱅이, 벌써 아홉시예요. 수영이나 하러 가요.

이런 다정한 관계가 며칠 동안 계속된다. 쥐세페는 소렐리나와 수수께끼 같은 영국 여인 사이에서 시간을 보낸다.

앙투안은 인사천리로 읽어 내려갔다.

쥐세페가 해변가를 산책하기 위해 시빌을 데리러 왔던 어느 날, 결정적인 장면이 벌어진다. 앙투안은 '수식'이 역겨운 것을 참으면서 그 대목 전부를 읽어보았다.

시빌은 햇살을 받고 있는 정자에 앉아 있다. 생각에 잠겨 있는 그녀. 한쪽 손을 햇볕에 드러내고, 희고 둥근 기둥에 기댄 채. 그녀는 기다리고 있었던 것일까? 어제도 당신을 기다렸어요.

나는 아네타와 함께 있었어.

왜 아네타를 데리고 오지 않았어요?

쥐세페는 그런 말투가 마음에 들지 않는다.

앙투안은 조금 건너뛰어서 읽었다.

…쥐세페는 노를 젓던 손을 멈춘다. 그들 주위의 공기도 멈춘다. 날개 달린 침묵. 만은 은빛. 눈부신 아름다움. 뱃전을 때리는 가벼운 물결 소리.—무엇을 생각하고 있어요?—당신은? 침묵—시빌, 우리는 같은 것을 생각하고 있나봐. 침묵. 목소리의 변화—시빌, 나는 네 생각을 하고 있어. 침묵. 기나긴 침묵—저도 당신을 생각하고 있어요. 그는 떨고 있다—시빌, 영원히? 아, 그녀는 이마를 뒤로 젖힌다. 그는 괴로운 듯 입술이 열리는 것과 손이 난간을 잡는 것을 본다. 조용하고 슬픈 약속. 수직의 태양 아래 만은 빛나고 있다. 반사, 눈부심. 더위. 정적. 정지한 시간과 삶. 견딜 수 없는 압박감. 다행히 갈매기 떼가 날아가면서 주위의 정적을 깬다. 갈매기 떼는 낮게 날아와, 물을 스치며 부리를 물속에 담그더니 다시 솟구친다. 태양에 반짝이는 날개, 총검이 부딪히는 소리. 우리는 같은 것을 생각하고 있어, 시빌.

사실 그해 여름에 자크는 퐁타냉가家에 자주 갔었다. 어쩌면 제니에 대한 실망이 자크를 가출하게 만든 것이 아닐까?

계속해서 몇 페이지를 읽으니까 모든 것이 급진전되어 간다.

메종 라피트에서 자크와 지젤 사이의 생활을 회상시키는 일상생활의 모습을 통해, 앙투안은 오누이 사이의 걱정스러운 애정의 진전 관계를 더듬어보았다. 그들은 이런 긴밀한 관계를 과연 의식하고 있었을까? 아네타는 자신의 생활이 모두 쥐세페를 향해 있다는 것을 알고 있었다. 그러나 그것도 소박한 마음에서였다. 그녀는 순진해서, 자신의 정열이 지극히 자연스럽고 용서받을 수 있는 감정이라고 생각했다. 쥐세페 쪽에서는 시빌을 향한 공공연한 사랑이 그의 마음을 온통 사로잡고 무분별하게 해서, 동생이 보여준 육체적인 매력 같은 것은 조금도 느끼지 못하고 있었다. 그러나 자기 사랑의 성격에 대해 언제까지 속고 있을 것인가?

어느 날 늦은 오후에 쥐세페는 소렐리나에게 말했다.

어때, 신선한 바람을 쐬면서 산책하고, 어디 호텔에서 저녁 식사를 한 다음, 밤이 깊도록 끝없이 걸어보지 않을래? 그녀는 손뼉을 치며 좋아했다. 나는 명랑할 때의 오빠가 좋아.

쥐세페는 할 일을 미리 생각해두었던 것일까?

어촌에서 재빨리 식사를 마치고, 그는 동생을 그녀가 아직 모르는 거리 쪽으로 데리고 갔다.

그는 빨리 걷는다. 레몬나무 사이로, 전에 시빌하고 여러 번 걸었던 돌이 많은 좁은 길. 아네타가 놀란다. 길은 알아요? 그는 왼쪽으로 돌아간다. 언덕. 낡은 벽, 둥글고 낮은 문. 쥐세페는 서서 웃는다. 이리 와봐. 그녀는 경계도 하지 않고 가까이 온다. 문을 밀어 열자 종이 울린다. 오빠, 왜 이래. 그는 웃으면서 전나무 그늘로 그녀를 데리고 들어간다. 정원은 어둡다. 그녀는 겁이 났다. 그녀는 쥐세페의 행동을 이해하지 못한다.

그녀는 루나도로 별장으로 들어간 것이다.

둥글고 낮은 문, 종, 우거진 전나무 숲, 이런 세부적인 것들이 이번에는 충실히 그려져 있군….

파우엘 부인과 시빌은 정자 아래에 있다. 동생을 소개해 드리겠습니다. 의자를 권한다. 여러 가지 질문을 받는다. 모두 그녀를 환대한다. 아네타는 마치 꿈을 꾸는 듯했다. 아네타, 두 사람의 이교도 사이에 있는 아네타. 모친의 환대, 그 백발, 그 미소. 같이 가요, 장미를 꺾어드리죠. 장미의 터널을 이룬 장미밭의 향기가 진동하면서 그윽한 향기를 풍긴다.

시빌과 쥐세페는 단둘뿐. 그녀의 손을 잡을까? 아마 그녀는 피할 것이 틀림없다. 자신의 의지보다, 사랑보다 더 강한 그녀의 엄격한 얌전함. 그는 생각한다. 서투르게나마 사랑하도록 해주었으면.

파우엘 부인은 아네타를 위해 장미꽃을 꺾었다. 주홍빛 장미, 작고 꽃이 많고, 가시가 없는 장미꽃, 속이 검은 주홍빛 장미. 또 가끔 오세요, my dear, 시빌은 정말 혼자니까요. 아네타는 마치 꿈을 꾸고 있는 듯했다. 이것이 지금까지 무서워하던 사람들일까? 마귀를 보듯 이 사람들을 무서워했었나?

앙투안은 한 장 뛰어넘는다.
아네타와 쥐세페가 나오는 장면이다.

달은 구름에 가려져 있다. 밤은 더 어둡기만 하다. 아네타는 몸이 뜨는 것처럼 가볍고 취한 듯했다. 파우엘가家 사람들. 아네타는 쥐세페의 팔에 젊은 자신의 육체를 실어 매달린다. 쥐세페는 얼굴을 들고, 생각은 멀리, 꿈꾸는 듯한 마음으로 그녀를 데리고 간다. 털어놓고 이야기를 해버릴까? 참지 못하고 몸을 구부린다. 짐작했겠지만 내가 거기에 놀러 가는 것은 윌리엄 때문만은 아니야.

그녀한테는 그의 얼굴이 보이지는 않지만, 그 낮은 목소리의 서정적 어조는 들려온다. 윌리엄 때문만은 아니었다고? 가슴속에서 피가 용솟음친다. 그녀는 지금까지 전혀 눈치채지 못했었다. 시빌일까? 시빌과 쥐세페? 그녀는 숨을 쉴 수가 없어 몸을 빼내 도망가려 한다. 옆구리에 활을 맞은 상처를 안은 채. 힘이 빠진다. 이가 떨린다. 그래도 걷는다. 몸이 축 처져 흔들린다. 그리고 얼굴을 젖힌 채, 키가 큰 보리수 아래 풀 속에 쓰러진다.

쥐세페는 무릎을 꿇었다. 무엇 때문인지 그는 몰랐다. 무슨 일일까? 그녀가 촉수처럼 두 팔을 뻗는다. 아, 이번에는 알았다. 그녀는 그를 붙잡고 몸을 일으켜 그에게 왈칵 파묻힌다. 그리고 흐느껴 운다. 쥐세페, 쥐세페.

사랑의 절규. 그는 지금까지 한 번도 그런 것을 들은 적이 없다. 한 번도, 한 번도, 수수께끼 같은 신비 속에 가려져 있는 시빌로부터는. 시빌은 알 수 없는 여자. 그런데 지금 자기한테 꼭 붙어 이렇게 비통해하는 아네타. 자기 품 안에 있는 젊고 관능적이며 풍만하고 방종한 이 육체. 머릿속에 수많은 생각이 어지럽게 떠오른다. 다정했던 어린 시절, 그토록 두터웠던 신뢰와 사랑, 내 기질과 어울렸던 그녀, 그런 그녀를 위로해주고 마음을 잡아주고 싶었다. 자기한테 몸을 기대고 내 몸을 껴안고 있는 동물적인 이 온기, 갑자기 다리가. 모든 것을 빼앗아가는 격렬한 파도, 의식조차도. 콧속으로 밀려 들어오는 언제나 같은, 그러나 늘 새로운 머리 냄새, 그의 입술 아래로, 눈물 젖은 얼굴, 파도치는 입술. 어둠과 장미꽃 향기와 끓어오르는 피가 섞인 듯한, 어쩔 수 없는 열정. 축축이 젖은, 무엇인가 기다리며 꿈꾸듯 벌어져 있는 입술 위로 그는 자신의 입술을 가까이 가져간다. 그 입술을 받으면서도 곧바로 되돌려주지 않은 채 모든 것을 맡기는 듯, 꼭 몸을 껴안아 떨어지지 않는 그녀. 이 입맞춤에 격렬하게 부딪치는 둘의 흥분. 비통하면서도 엄숙함. 감미로움. 숨결과 두 손과 두 다리, 서로를 향한 욕망이 섞여든다. 머리 위로는 나무들이 엉키고, 별빛마저 흐려진다. 걷어 올려지고 흐트러진 옷, 억제할 수 없는 유혹, 발견, 처음으로 가지는 육체의 접촉, 포옹, 접촉, 힘찬 포옹. 나를 잊고 모든 것을 맡기고 또 맡긴다. 고통스러울 만큼 황홀한 도취.

아! 숨소리는 하나가 되고 시간은 정지한다.

메아리만 울리는 침묵, 윙윙거리는 소리, 희미한 고통, 부동 상태. 헐떡거리며 부드러운 가슴에 파묻혀 있는 남자의 얼굴, 심장이 뛰는 소리, 화합을 이룰 수 없는 두 심장의 엇갈린 소리.

갑자기 이 강한 달빛, 겁 없고 야성적인 눈빛에 깜짝 놀란 듯 두 사람의 몸은 분리된다.

둘은 재빨리 일어섰다. 착란. 입은 비뚤어지고, 둘은 똑같이 떨고 있다. 부끄러움보다는 기쁨에 못 이겨서. 기쁨과 놀라움. 기쁨과 여전한 욕망에.

풀침대의 우묵한 속으로, 달빛 아래, 장미꽃 잎이 떨어진다. 그것을 보면서 평화로운 모습의 아네타는 장미 가지를 잡아 흔든다. 꽃잎들이 날려 한 몸이 된 흔적을 간직하고 있는 밟혀 쓰러진 풀들을 덮고 있다.

몸을 떨며 격분한 앙투안은 읽는 것을 그만둔다.

어처구니없는 일이다! 지젤이? 있을 수가 있는 일일까?

그러나 이 문장은 사실 같은 흔적이 너무 짙다. 낡은 벽, 종소리, 장미밭뿐만 아니라 둘이 껴안고 쓰러지는 장면 등 모든 것이 허구 같지 않다. 그것은 이탈리아의 돌길도 아니고 레몬나무 그늘도 아닌, 그야말로 메종 라피트의 우거진 숲속에서의 일이다. 앙투안 눈에 선명하게 떠오르는 거리의 해묵은 보리수 그늘 아래인 것이다. 그렇다. 자크는 가끔 지젤을 퐁타넹가家에 데리고 갔었지. 아마 그런 여름날 밤에, 집에 돌아오는 도중에…. 얼마나 기가 막힌 일인가! 그들 둘과 그렇게 가까이 살면서도, 더구나 지젤과 그토록 가깝게 있었으면서도, 전혀 눈치를 채지 못했다니! 지젤이? 순결하고 꼭 닫힌 그 몸속에 그런 비밀이 숨겨져 있었다니. 아니야, 아니겠지….

앙투안은 마음속으로 거부하며 아직도 믿지 못한다.

그러나 이토록 자세한 사실을! 장미꽃… 붉은 장미꽃! 아, 이제 그는 런던의 꽃가게에서 부쳐 온 익명의 소포를 받았을 때 지젤의 흥분을, 또 그런 터무니없는 실마리를 근거로 그녀가 왜 그토록 영국 쪽을 조사해달라고 했었는지 알 것 같았다! 그녀만이 보리수 밑에서 그런 일이 있은 뒤 일 년 만에, 어쩌면 바로 그날에, 진홍빛 장미가 전달된 뜻을 알고 있었던 것이다.

그렇다면 자크가 런던에서 산 적이 있었단 말일까? 거기에서 이탈리아로? 그러고 나서 스위스로? …아직 영국에 있을까? …거기에서 제네바 잡지에 기고할 수도 있겠지….

희미한 한 점의 빛을 중심으로 넓은 그림자의 면이 하나하나 없어져버리는 것과 같이, 갑자기 여러 가지 것들이 분명하게 드러났다. 지젤이 집을 나간 일, 영국 수도원에 보내달라고 고집부린 일! 바로 자크를 찾기 위해서였구나! (그리고 앙투안은 처음의 실패에 낙심해서 런던 꽃가게 조사를 포기한 것이 후회스러웠다!)

그는 맥락을 더듬어 좀 더 생각해보려고 애썼으나 너무도 많은 추측과 추억이 머릿속에 밀려들고 있었다. 모든 과거가 오늘 밤에야 비로소 다시 밝혀지는 것 같았다. 자크가 가출한 뒤에 지젤이 절망 상태에 빠져 있던 이유를 이제야 알겠군! 그는 절망의 전체적인 의미를 알아차리지 못한 채 위로해주려고 애를 썼던 것이다. 그는 자기와 지젤과의 관계를, 그녀에게 베푼 동정을 생각했다. 그렇다면 지젤에 대해 그가 차츰 가지게 된 감정은 이런 동정심에서 생겨난 것이 아닐까? 그 당시에 자크의 일에 대해 말할 수 있었던 상대는 자살설을 고집하던 아버지도 아니고, 아침부터 밤까지 구일 기도만 하던 유모도 아니었다. 오히려 지젤이 가까이 있으면서 대단히 열성적이 아니었던가! 매일 밤, 저녁 식사 뒤에 그녀는 소식을 알려고 내려왔었다. 그는 자신의 희망과 방법을 그녀에게 이야기하는 것을 즐거움으로 삼았었다. 감수성이 예민한 그 소녀, 사랑의 신비에 마음이 쏠려 있던 그녀를 사랑스럽다고 느낀 것은 여러 날 밤 동안 마음을 터놓고 이야기하면서가 아니었던가? 그는 이미 몸을 바친 젊은 소녀의 자극적인 매력에 자기도 모르게 매혹된 것이 아닐까? 그의 가슴에는 귀여운 소녀의 몸짓, 괴로워하는 소녀의 모습이 생각났다. 아네타…. 얼마나 멋진 속임수인가! 라셸이 없음으로 해서 그는 완전히 감정이 메마른 상태에 있었고, 그래서 그토록 쉽게 상상했던…. 한심한 일이다! 그는 어깨를 으쓱했다. 단지 그는 베풀 대상이 없는 애정을 가지고 있었기 때문에 지젤을 좋아했었다. 지젤이 자기를 좋아했다면, 그것은 이런 시련, 이런 혼란 속에서 자기 애인을 다시 찾아줄 유일한 대상으로 그를 의지했었기 때문이라고 그는 생각했다!

앙투안은 이런 생각을 떨쳐버리려고 애썼다. '지금까지는' 하고 그는 중얼거렸다. '자크의 갑작스런 가출을 설명할 만한 것은 아무것도 없군.'

그는 다시 계속해서 읽기로 마음먹었다.

풀 위에 장미꽃 잎을 뿌려둔 채 오누이는 세레노 별장으로 돌아왔다.

귀가. 쥐세페는 아네타의 걸음을 부축해준다. 둘은 어디를 향해 가는 것일까? 서곡에 지나지 않는 짧은 포옹. 그들이 향해 걸어가고 있는 기나긴 밤, 그들의 방, 오늘 밤, 거기에서 무슨 일이 일어날 것인가?

앙투안은 첫머리에서 벌써 뜻하지 않은 장애물에 부딪히고 말았다. 갑자기 얼굴이 화끈거렸다.

솔직히 말해서 그가 느끼고 있는 것은 비난과는 거리가 먼 것이었다. 확고한 열정 앞에서 그의 비판력은 곧 빛을 잃고 말았다. 그러나 그는 원망스러움과 함께 걷잡을 수 없는 놀라움을 억제할 길이 없었다. 자기가 머뭇거리며 앞으로 다가갈 때 지젤이 완강하게 반항하던 그날을 잊을 수가 없었다. 이것을 읽으면서 그의 마음에는 어쩐지 그녀를 향한 욕망이 되살아나는 것 같았다. 어디까지나 육체적인 욕망, 해방된 욕망. 다시 주

의를 되돌리기 위해 그는 유연한 갈색의 젊은 육체에 대한 환상을 애써 떨쳐버려야만 했다.

…그들이 향해 걸어가고 있는 기나긴 밤, 그들의 방, 오늘 밤, 거기에서 무슨 일이 일어날 것인가?

그들은 사랑의 숨결 아래 몸을 맡긴다. 둘은 말없이 마치 최면술에 걸린 것처럼 계속해서 앞으로 나아간다. 간간이 달빛이 그들을 비춘다. 달은 지금 세레노 별장 전체를 비추고, 회칠한 주랑을 어둠으로부터 부각시킨다. 그들은 첫 테라스를 지난다. 걸으면서 그들의 뺨이 맞닿는다. 아네타의 뺨은 불같이 뜨겁다. 어린 티를 못 벗은 이 육체에서, 벌써, 얼마나 자연스러운, 죄를 향한 대담성인가?

갑자기 둘은 떨어졌다. 기둥 사이에 하나의 그림자가 서 있었다.

아버지다.

아버지는 기다리고 있었다. 그는 예고 없이 돌아온 것이다. 아이들은 도대체 어디에 있을까? 그는 텅 빈 방에서 혼자 저녁 식사를 했다. 식사가 끝나자 그는 회랑 대리석 위를 거닐었다. 그러나 아이들은 좀처럼 돌아오지 않았다.

침묵 속에 말소리가 들린다.

어디 갔다 오니?

거짓말을 생각할 틈도 없다. 섬광처럼 비치는 반항. 쥐세페는 외친다.

파우엘 부인 집에 갔었어요.

앙투안은 소스라쳐 놀란다. 그렇다면 아버지는…?

쥐세페는 외친다.

파우엘 부인 집에 갔었어요.

아네타는 기둥 사이를 도망쳐, 현관을 지나 계단을 올라가 자기 방에 이르렀다. 방문을 잠그고는 어둠 속에서, 더럽혀지지 않은 좁은 침대 위로 몸을 던졌다.

아래층에서는 처음으로 아들이 아버지한테 대들고 있다. 그러나 기괴한 일은 대드는 쾌감에서 그는 더 이상 생각하지도 않았던 다른 사랑의 이야기를 끄집어낸 것이다. 제가 아네타를 파우엘 부인 집에 데리고 갔어요. 여기까지 말하고 잠시 말을 멈추더니 한마디 한마디 또박또박 말했다.

저는 시빌과 결혼 약속을 했어요.

아버지는 웃음을 터뜨렸다. 무서운 웃음. 버티고 서서, 머리를 우뚝 세우고 있는, 그림자 때문에 더욱 커 보이는, 거대하고 과장되어 보이는, 달빛을 받은 티탄.* 아버지는 또 웃는다. 쥐세페는 손을 꼭 쥔다. 웃음이 그친다. 침묵 — 둘 다 나하고 나폴리로 돌아가자 — 싫습니다 — 내일이라도 — 싫습니다 — 쥐세페 — 저는 이제 아버지 마음대로 할 수 있는 소유물이 아니에요. 저는 시빌 파우엘과 결혼 약속을 했습니다

아버지는 지금까지 어떤 저항에 부딪혀도 모두 짓밟아버렸었다. 그는 침착한 체했다 — 잔소리 말아라. 그들은 이 땅에 와서, 우리들의 빵을 먹고, 우리들의 땅을 샀다. 그러면서 아들까지 훔치다니, 그것은 지나친 일이야. 이교도의 딸이 우리 집안 이름을 지니다니, 말도 안 돼! — 더구나 내 이름을 — 바보 같은 녀석. 절대로 안 된다. 위

* 그리스 신화에 나오는 거인족.

그노 그 자식들의 음모야. 한 사람의 영혼을 구하고, 세레노가家의 명예를 위해서다. 그놈들은 내가 있는 것을 무시하고 있어. 이 아비는 똑똑히 감시할 거야—아버지—네 생각을 꺾고 말 테다. 먹고살 것도 끊어버리고, 피에몽 연대에 입영시키겠다—아버지—내가 너의 생각을 꺾어놓겠다. 방으로 돌아가거라. 내일 여기를 떠나도록 해라.

취세페는 주먹을 쥔다. 그는 바라고 있다….

앙투안은 숨을 죽였다.

…그는 바라고 있다…아버지의 죽음을.

더 말할 나위 없는 모욕을 주기 위해 그는 마음껏 웃어 보였다. 그리고 내뱉었다—아버지는 참 우스꽝스럽군요.

그는 아버지 앞을 지나간다. 머리를 들고, 입에는 경련을 일으킨 채, 비웃으며 계단을 내려간다.

어디로 가는 거냐?

아들은 걸음을 멈춘다. 사라지기 전에 어떤 가시 돋힌 화살을 던져줄까? 본능이 가장 신랄한 방법을 귀에 속삭여준다—죽으러 갈 겁니다.

껑충 뛰어 계단을 내려온다. 아버지가 손을 들었다—없어져버려라, 이 불효막심한 놈. 취세페는 뒤를 돌아보지도 않는다. 아버지의 목소리가 마지막으로 또 한 번 울린다—이 고약한 놈.

취세페는 뛰어서 테라스를 지나 어둠 속으로 사라진다.

앙투안은 읽는 것을 다시 중단하고 생각해보려고 했다. 그러나 겨우 네 페이지밖에는 남지 않았다. 초조감이 앞섰다.

쥐세페는 정처 없이 뛰어간다. 그리고 숨을 헐떡거리며 놀란 나머지, 넋이 나가 서버린다. 멀리 호텔의 베란다 아래에서, 여러 개의 만돌린 소리가 어우러져 달콤한 향수를 띤 노래를 엮어가고 있다. 못 견디게 울적한 마음. 따뜻한 목욕탕에서 정맥을 끊어버리고 싶은 마음.

시빌은 나폴리풍의 만돌린 소리를 좋아하지 않았다. 시빌은 이 땅에서 태어나지 않았기 때문에. 책 속에서나 좋아했을지도 모를 여주인공처럼, 환상적이며 멀리 있는 것처럼 느껴지는 시빌.

아네타. 손바닥으로 느꼈던, 맨살의 팔에 대한 기억만이 남아 있다. 귀에서 소리가 난다. 갈증.

쥐세페는 한 가지 생각을 가지고 있다. 날이 밝기 전에 다시 별장으로 돌아가 아네타를 꾀어서 같이 도망을 간다는 것. 그는 방까지 숨어 들어갈 것이다. 그녀는 그를 보고 맨발로 침대에서 뛰어나올 것이다. 그녀와 접촉을 다시 시작한다. 그녀의 촉감, 포근하고 매끈한 근육, 육체의 감미로운 냄새, 아네타. 벌써 그는 그녀가 자기한테 달려드는 것을 느낀다. 반쯤 열린 입, 젖어 있는 입. 그녀의 입.

쥐세페는 지름길로 뛰어간다. 혈관의 피가 뛴다. 바위투성이의 가파른 언덕을 단숨에 기어오른다. 달빛 아래, 사람을 흥분시키는 상쾌한 전원. 언덕 기슭에 똑바로 누워 두 팔을 가슴에 얹는다. 벌어진 셔츠 사이로 천천히 싱싱한 가슴을 만지고 쓰다듬어본다. 머리 위에는 별이 가득한 우윳빛 하늘. 평화, 순결.

순결. 시빌. 시빌, 그 영혼의 차고 깊은 샘의 물, 차고 맑은 북국北國의 밤.

시빌?

쥐세페는 일어서 있다. 그는 성큼성큼 언덕을 내려온다. 시빌. 마지막으로, 새벽이 오기 전에. 마지막으로.

루나도로. 흙벽과 둥근 문이 있다. 새로 칠한 벽 위 입맞춤의 자리. 최초의 고백. 바로 거기다. 오늘 밤과 비슷했던 그날 밤. 달 밝은 밤. 시빌은 배웅하러 왔었다. 거칠게 칠한 흰 벽 위로 그녀의 그림자가 선명하게 두드러졌었다. 그는 용기를 내어 별안간 몸을 숙이고, 벽에 비친 옆얼굴에 키스했었다. 그녀는 달아났었다. 오늘과 비슷한 밤에.

아네타, 나는 왜 작은 문으로 되돌아왔을까? 창백한 시빌의 얼굴, 의연한 얼굴. 이렇게 멀지 않게, 이렇게 가까이 있는데도, 이렇게 생생히 느낄 수 있는데도, 전혀 알 수 없는 시빌. 시빌을 단념할까? 아, 아니야, 애정을 가지고 풀어주어야 해. 이 매듭을 풀어주어야 해. 닫힌 마음을 열어주어야 해. 어떤 비밀을 가지고 있기에 이렇게까지 닫고 있는 것일까? 본능으로부터 해방된 순수한 꿈. 이것이야말로 진정한 사랑이다. 그것은 시빌을 사랑하는 것. 그녀를 사랑하는 것이다.

아네타, 왜 너의 시선은 나를 좇고, 왜 너는 나의 말에 그토록 순종하니? 이 육체의 격한 정열. 욕망. 너무나 짧은 욕망. 그 욕정. 아무런 신비도, 두께도, 폭도 없는 사랑. 기약 없는 사랑.

아네타, 아네타, 경솔한 그 애무를 잊고, 지난날을 다시 찾아 어린 시절로 돌아가자. 아네타, 귀여운 소녀, 사랑하는 동생. 동생, 동생. 귀여운 동생.

온순한 입, 그렇다, 반쯤 열린 입, 젖어 있는 입. 살살 녹이며 끌어들이는 입. 아, 불륜의 욕망, 견딜 수 없는 욕망, 누가 우리를 구해줄 것인가?

아네타, 시빌. 둘 사이에 끼여 이러지도 저러지도 못하는 나. 그렇다면 누구를? 왜 꼭 선택해야만 하는가? 나는 구속받고 싶지 않다.

이중의 매혹, 본질적인 균형, 성스러움. 두 여인의 격정, 둘 다 정당하다. 그 격정이 내 마음속 깊은 곳에서 솟아나고 있으니까? 왜 어째서 실제로 양립할 수 없단 말인가? 내 마음속에는 모든 것이 조화를 이루고 있는데, 어째서 금지되어 있는 것인가?

유일한 해결책은 셋 중 어느 하나가 잉여의 존재가 되는 것이다. 그렇다면 누가?

시빌인가?

아, 상처받은 시빌. 차마 눈 뜨고 볼 수 없는 광경, 시빌은 안 돼. 그렇다면, 아네타.

아네타. 귀여운 동생이여, 용서해다오. 너의 두 눈에 키스를 보낸다. 제발 나를 용서해다오.

한쪽 없이는 다른 한쪽도 존재하지 않는 것. 그렇다면 어느 한쪽도 택하지 말자. 체념하자, 잊자, 죽어버리자. 아니, 죽는 것이 아니라 죽은 체하는 것이다. 사라져버리자. 이곳에는 저주와 넘을 수 없는 장애물과 금지만 있을 뿐.

이곳에서는 삶도 사랑도 불가능하다.

이젠 안녕.

미지의 유혹, 새로운 내일의 유혹, 도취 잊어버리고 모든 것을 새롭게 시작하는 것이다.

되돌아가자. 정류장까지 뛰어간다. 로마행 첫 기차. 로마에서 제노바행 첫 기차. 제노바에서 떠나는 첫 배. 미국행. 아니면 호주행.

그는 갑자기 웃기 시작한다.

사랑 때문에? 천만에, 내가 사랑하는 것은 인생이다.

앞으로.

자크 보티

앙투안은 잡지를 덮고 호주머니에 쑤셔 넣으며 어이없다는 듯 일어섰다. 일어선 채 그는 잠시 불빛 속에서 눈을 깜박거렸다. 그리고 자신이 멍청히 서 있다는 것을 알고 다시 의자에 앉았다.

잡지를 읽고 있는 동안에 이층에 있던 손님들은 모두 가버렸다. 게임을 하던 패들도 모두 저녁 식사를 하러 간 뒤였고, 오케스트라도 끝난 지 오래되었다. 구석에서 젊은 유태인과 잡지 『인권』을 읽고 있던 남자만이 암고양이 같은 여인이 보는 앞에서 주사위 놀이를 끝내려는 참이었다. 남자는 불이 꺼진 파이프를 빨고 있었다. 그가 주사위를 던질 때마다 암고양이는 즐거운 미소를 지으며 유태인의 어깨 위로 몸을 숙이곤 했다.

앙투안은 다리를 뻗고, 담뱃불을 붙이면서도 될 수 있는 대로 생각을 정리하려고 했다. 그러나 그것도 잠시, 그의 산만한 생각은 그의 눈길처럼 어디에 고정시켜야 할지 모른 채 헤매고 있었다. 그는 이제 겨우 자크와 지젤의 모습을 떨쳐버리고 다소 침착성을 되찾았다.

이제 문제는 사실과 소설적 공상, 두 가지를 분명히 구별하는 데 있었다. 부자간의 심한 논쟁, 그것은 틀림없는 사실인 것 같다. 고문관 세레노의 말에는 몇 가지 특징이 정확하게 지적되고 있었다. '위그노 그 자식들의 음모야! 네 생각을 꺾고 말테다! 먹고살 것도 끊어버리고 입영시키겠다!' …그리고 또 '이교도의 딸이 우리 집안 이름을 지니다니?' …벌떡 일어서서, 어둠 속에서 저주의 말을 퍼붓는 아버지의 노한 목소리가 들리는 것 같았다. '죽으러 갈 겁니다' 하는 쥐세페의 소리도 사실임에 틀림없었다. 그것으로 아들이 죽었다고 생각하는 티보 씨의 변함없는 생각도 설명이 된다. 수색을 시작할 때부터 티보 씨는 자크가 죽은 것으로 단정했다. 그는 하루에도 네 번씩이나 시체 공시장에 직접 전화를 걸었었다. 자기가 그렇게 소리 지른 것이, 꼭 그렇다고는 할 수 없지만, 자크의 가출 원인이 되었다고 아버지는 후회하고 있었음에 틀림없다. 그리고 아마 이런 말 없는 회한이야말로 수술 전날에 노인을 그토록 쇠약하게 만든 알부민의 발작과 전혀 무관하지는 않았을 것이다. 그래서 이런 관점에서 보면, 지난 삼 년 동안에 일어났던 허다한 사건들은 다른 양상을 띠고 있었다.

앙투안은 다시 잡지를 들고 자크 자신이 쓴 헌사를 찾아보았다.

> 십일월의 어느 날 저녁에 당신은 제게 '모든 것은 양극兩極의 힘에 달려 있어. 진리도 항상 양면을 지니고 있고'라고 말씀하시지 않으셨습니까?
>
> 사랑도 때로는 마찬가지입니다.

'물론' 하고 그는 생각했다. '이중적 사랑의 공존… 물론… 만약 지젤이 자크의 애인이었고, 또 자크가 제니한테 열렬한 사랑의 감정을 가지고 있었다면 산다는 것이 무척 괴로웠겠지. 하지만….'

앙투안은 여전히 무엇인가 확실하지 않은 것에 부딪힌 기분이었다. 아무래도 자크의 실종이 지금 막 알게 된 애정 생활 때문만이라고는 단정할 수가 없었다. 미묘하고 갑작스럽게 누적된 다른 몇 가지 요인이 이 엉뚱한 결정을 내리게 했을지도 모른다. 그렇다면 어떤 요인일까?

문득 이렇게 속단할 필요가 없다는 생각이 들었다. 우선 급한 것은 그런 증거를 최대한으로 활용해서 한시라도 빨리 동생의 행방을 알아내는 일이었다.

잡지 편집국에 문의하는 것은 매우 무모한 일일지도 모른다. 자크가 소식을 알리지 않은 것도 끝까지 모습을 감추려고 하는 그의 고집 때문이었을 것이다. 숨어 있는 집이 드러났다는 것을 눈치채고 다른 먼 곳으로 도망간다면 영원히 그를 찾지 못하게 될 위험이 있었다. 최상의 방법은 불시에 덮치는 것이다. 더구나 그것은 자신밖에는 할 사람이 없다. (사실 앙투안은 자기 자신 말고는 아무도 믿지 않고 있었다.) 그는 곧 자신이 제네바로 가는 장면을 상상했다. 그러나 그곳에서 무엇을 할 것인가? 더구나 자크가 런던에 살고 있다고 한다면? 스위스로 전문가를 보내서 주소를 알아내도록 하는 것이 좋겠다. '그런 뒤에, 그가 있다면 내가 가는 걸로 하자' 하고 그는 일어서면서 생각했다. '잡히기만 하면 다시 도망치지는 못할 테니까!'

바로 그날 밤에 그는 사설 탐정에게 그 일을 맡겼다.

그리고 사흘 뒤 최초의 정보를 받았다.

(기밀 문서)

"자크 보티 씨는 틀림없이 스위스에 거주함. 주소는 제네바가 아니고 로잔임. 이 도시에서 벌써 몇 번 이사를 다녔음. 지난 사월부터 에스칼리에 뒤 마르셰가街, 10번지에 살고 있음. 캄메르진 하숙집.

지금으로서는 스위스에 언제부터 거주했는지 알 길이 없으나, 병역 관계를 조사했음.

프랑스 영사관에 은밀히 알아본 바에 따르면, 그는 1912년 일월, 이름은 자크 장 폴 오스카르 티보, 국적은 프랑스, 1890년 파리 출생 등이 기재된 신분 증명서를 소지하고 영사관 병사계에 출두했던 듯함. 인상착의에 관한 신상 카드는 복사하지 못했으나 이에 따르면(이 인상착의에 관한 서류는 우리가 소지하고 있는 것과 같음) 그는 심장판막 폐쇄 부전증의 사유로 1910년 파리 제7구 징병검사 위원회의 결정에 따라 1차 징병 연기를 받았으며, 1911년 빈(오스트리아) 주재 프랑스 영사관에 제출한 진단서로 재차 징병 연기를 받은 것으로 되어 있음. 1912년 2월 로잔에서 재검사를 받은 다음, 행정적인 경로에 따라 센 징병소에 이첩되어 세 번째로, 곧 최후의 징집 연기를 받았는데, 이로써 건강상의 이유로 병역 면제에 관해서는 본국 정부와 결정적인 해결을 본 것임.

보티 씨의 생활은 상당히 만족스러운 상태에 있는 듯하며 주로 학생, 신문 기자와 왕래가 있음. 그는 스위스 신문 연맹의 회원이며, 여러 종류의 신문과 잡지에 기고를 함으로써 정상적인 생활을 이어가는 데 충분한 수입을 벌고 있다고 함. 확인한 바로는 그는 본명 이외에 몇 개의 이름으로 집필하고 있으며, 이들 가명에 관해서는 차후 정보를 입수하는 대로 알려드리겠음."

탐정 사무실의 사무원이 이 보고서를 급히 전해준 것은 일요일 오후 열시쯤이었다.

월요일 아침에 떠날 수는 없었다. 그러나 티보 씨의 병세 때문에 우물쭈물하고 있을 때가 아니었다.

앙투안은 비망록과 열차 시간을 살펴보고는 다음 날 밤에 로잔행 특급을 탈 결심을 했다. 그날 밤에 그는 잠을 한숨도 이루지 못했다.

6

다음 날은 이미 일정이 꽉 차 있었다. 앙투안은 출발 때문에 일정 이외의 왕진을 몇 번 더 해야만 했다. 아침 일찍 병원에 나가 하루 종일 파리 시내를 뛰어다니다 보니까 점심때 집에 들를 시간조차 없었다. 저녁 일곱시가 되어서야 겨우 집에 돌아왔다. 기차는 여덟시 반 출발이었다.

레옹이 여행 가방을 챙기고 있는 동안 앙투안은 어제부터 뵙지 못한 아버지에게 급히 올라갔다.

물론 전체적인 상태는 악화되어 있었다. 식사도 제대로 하지 못한 티보 씨는 몹시 쇠약해져 있었고, 계속 고통스러워하고 있었다.

환자에게는 매일 한 모금의 강장제라고도 할 수 있는 '아버지, 안녕히 주무셨습니까!'라는 인사말을 평상시처럼 하기 위해서는 노력이 필요했다. 그는 늘 앉던 자리에 가서 자리 잡았다. 그리고 주의 깊은 태도로, 잠깐 동안의 침묵도 마치 함정이나 되는 것처럼 피하면서, 매일 하듯이 병의 증상을 물어보았다. 그는 미소를 지으면서 아버지를 바라보고 있었다. 그러면서 '돌아가실 날이 얼마 남지 않았구나' 하는 집요한 생각을 오늘 저녁에는 떨쳐버릴 수가 없었다.

그는 여러 번 아버지가 자기에게 보내는 진지한 눈길에 충격을 받았다. 그것은 무엇인가를 묻고 싶어 하는 눈길이었다.

'도대체 어느 정도까지 병에 대해 걱정하고 계실까?' 앙투안은 혼자 생각해보곤 했다. 티보 씨는 자기 죽음에 대하여 체념한 듯 엄숙한 말을 자주 하곤 했다. 그러나 마음속으로는 무엇을 생각하고 계실까?

잠시 동안 아버지와 아들은 저마다 비밀을 간직한 채—어쩌면 그것은 같은 것일지도 모른다—질병과 최신 의약품에 대해서 부담 없는 말을 주고받았다. 그러다가 앙투안은 저녁 식사 전에 급한 환자를 왕진해야 된다는 구실로 일어났다. 티보 씨는 괴로웠지만 억지로 붙들려고 하지는 않았다.

앙투안은 누구에게도 자기의 출발 이야기를 하지 않았다. 그는 자기가 만 하루 반 동안 집을 비우게 된다는 사실을 세린 수녀에게만은 말해두려고 생각했다. 그러나 그가 아버지 방에서 나올 때 그녀는 공교롭게도 환자 옆에 있었다.

시간은 촉박했다. 그는 몇 분 동안 복도에서 기다렸지만 세린 수녀가 나오지 않았기 때문에 베즈 유모 방으로 갔다. 그녀는 마침 자기 방에서 편지를 쓰고 있었다.

"아이고머니" 하고 그녀는 말했다. "마침 잘 왔어. 야채 꾸러미가 없어져서…."

중환자 때문에 오늘 밤 시골에 가야 한다는 것, 어쩌면 내일은 하루 종일 집을 비우게 되리라는 것, 자기가 그런 일로 떠난다는 사실을 닥터 테리비에가 알고 있으니까 부르기만 하면 즉시 달려올 터이니 조금도 염려할 것이 없다는 것 등을 알려주는 데 적지 않은 애를 먹었다.

벌써 여덟시가 넘었다. 기차 출발 시간에 대기에도 촉박한 시간이었다.

택시는 전속력으로 역을 향해 달렸다. 벌써 인기척이 없는 강가, 어둠 속에서 빛나는 다리, 카루젤 광장 등이 모험 영화의 빠른 리듬처럼 급히 사라져갔다. 별로 여행을 해본 적이 없는 앙투안에게는 이처럼 밤에 달려보는 흥분, 시간에 늦지 않을까 하는 걱정, 그의 머리에서 줄곧 떠나지 않는 여러 가지 생각과 또 지금부터 하려는 일의 위험 등, 모든 것이 그로 하여금 흥분 상태에 빠지게 하여 대담하고 용맹스러운 분위기 속으로 그를 몰아넣었다.

자리를 예약해놓았던 칸은 거의 만원이었다. 잠을 자려고 했으나 헛수고였다. 그는 안절부절못하고 정거장 수만 꼽았다. 밤이 깊어가자 선잠이 들었는데, 기관차가 별나게 기적 소리를 울리고는 발로르브 역으로 들어가면서 속도를 늦추었다. 세관에서 여러 가지 수속을 끝낸 다음 냉랭한 홀에서 서성거리다가 스위스식 밀크커피를 마셨다. 어떻게 다시 잠을 잘 수 있을까?

차창 밖의 세계는 십이월의 늦은 새벽 속에서 다시 모습을 드러내기 시작했다. 기차는 계곡 사이를 따라 달리고 있었는데, 계곡 양쪽에 있는 몇 개의 둔덕을 알아볼 수 있었다. 아무런 색깔도 없었다. 여명 속에서 아물거리다가 불쑥 나타나는 흰 바탕에 검은색 칠을 한 목탄화의 풍경에 지나지 않았다.

앙투안은 보이는 것을 수동적으로 받아들이고 있었다. 눈은 언덕을 덮고 있었으며, 검은 토지의 구덩이 속으로 반쯤 녹아 내리고 있었다. 그런가 하면 전나무의 그림자가 어슴푸레한 배경 위로 갑자기 뚜렷하게 드러났다. 그러고 나서 모든 것은 한꺼번에 모습을 감추었다. 기차는 구름 속을 달리고 있었다. 다시 전원이 모습을 드러냈다. 안개 속에서 반짝이는 작고 노란 불빛은 사람들이 많이 살고 있는 이 지방의 아침 생활을 말해주고 있었다. 따로 떨어져 있는 몇 채의 집들은 벌써 모습이 더욱 뚜렷해졌고, 날이 밝아오면서 건물 안에서는 불빛이 점점 줄어들고 있었다. 조금씩 검은 지면은 초록색으로 변해가고 있었다. 그리고 평야는 드디어 한 폭의 풍요로운 목장으로 변했는데, 거기에는 눈 덮인 이랑이 땅의 기복이나 고랑 하나하나를 나타내고 있었다. 마치 알을 품고 있는 암탉같이 땅에 주저앉아 있는 듯한, 지붕이 낮은 농가는 모든 덧문을 열어놓았다. 날이 밝았다.

앙투안은 멍하니 창문에 이마를 대고는 이국 풍경의 쓸쓸함을 가슴 깊이 느끼면서 완전히 허탈감에 사로잡혀 있었다. 그가 하려고 하는 일의 어려움이 그의 앞에 너무나 분명히 가로놓여 그를 짓눌렀다. 밤새 잠 한숨 이루지 못한 지금 그는 자신이 일을 잘 처리할 수 있을까 하는 불안감에 사로잡혀 있었다.

이럭저럭 기차는 로잔에 다다르고 있었다. 벌써 교외를 지나고 있었다. 그는 발코니가 달려 있고 작은 마천루처럼 서로 떨어져 있는, 입체형 집들의 아직 닫힌 정면을 바라보고 있었다. 자크가 지금쯤 저 황색 전나무의 덧문 뒤에서 깨어나고 있을지도 모르는 일 아니겠는가?

기차가 멈추었다. 찬바람이 플랫폼을 휩쓸고 지나갔다. 앙투안은 오한을 느꼈다. 사람들은 지하도로 휩쓸려 밀려 들어갔다. 몹시 흥분한 데다가 몽롱해져서, 정신과 의지의 통제력을 포기한 그는 여행 가방을 질질 끌면서 이제부터 어떻게 할 것인지를 결정 못 하고 사람들의 뒤를 따라갔다. 세수, 목욕, 샤워. 뜨거운 물에 목욕을 해서 몸을 푼 다음 차가운 물에 샤워를 하면 기운이 나겠지? 면도를 하고 내의라도 갈아입을까? 다시 기운을 회복하려면 그 길밖에 없을 것 같았다.

훌륭한 착상이었다. 그는 기적을 낳는 샘에라도 들어갔던 것처럼 새로 태어난 기분으로 목욕탕에서 나왔다. 그리고 수화물 보관소에 달려가서 짐을 맡겼다. 그리고 과감하게 이런저런 우연에 몸을 내맡기기로 했다.

비바람이 휘몰아치고 있었다. 그는 시내에 가기 위해 전차를 탔다. 아직 여덟시가 채 되지 않았는데도 상점 문들은 벌써 열려 있었다. 우비를 입고 고무장화를 신은 사람들이 말없이 벌써 보도를 꽉 메우며 바쁘게 걸어가고 있었다. 그들은 차도에 자동차가 한 대도 없는데도 차도를 침범하지 않으려고 꽤 신경을 쓰고 있었다. '근면하지만 낭만이 없는 도시'라고, 일반화시키기 좋아하는 앙투안은 얼핏 생각했다. 지도를 찾아보며 시청 앞 작은 광장까지 갈 수 있었다. 고개를 들어 종탑의 큰 시계를 보았을 때 마침 삼십분을 알리는 종소리가 울렸다. 자크가 사는 동네는 그 광장 끝 쪽에 있었다.

에스칼리에 뒤 마르셰가街는 로잔에서는 가장 오래된 거리 중 하나인 것 같았다. 그것은 동네라기보다는 계단식으로 된 (왼쪽에만 집들이 들어서 있는) 골목길의 한 모퉁이 같은 것이었다. 집 앞으로 이 '거리'는 가파른 오르막길을 이루고 있었고, 층계참이 연이었다. 집들이 마주 보고 있는 곳에는 높은 벽이 솟아 있었는데, 그 벽을 따라 포도주색 나는 중세풍의 지붕으로 뒤덮인 오래된 나무 계단이 있었다. 이렇게 지붕이 딸린 계단은 뜻밖의 풍경을 보여주었다. 앙투안은 계단 쪽으로 갔다. 이 골목의 집들은 볼품없이 늘어선 좁고 초라한 집으로, 아래층은 16세기부터 구멍가게로 사용되어 온 것이 틀림없었다. 10번지에 가려면 쇠시리를 넣은 상인방上引枋에 눌려 있는 것 같은 낮은 문을 통과해야 했다. 열린 문짝에 써 있는 문패 글씨도 읽기 힘들었다. 앙투안은 겨우 **J. H. 캄메르진 하숙집**이라는 글씨를 해독했다. 바로 여기였다.

삼 년 동안이나 아무 소식이 없어 마음 졸여왔고, 자기와 동생 사이에는 전 우주가 가로놓인 것같이 생각하고 있었는데, 지금 이렇게 자크로부터 몇 미터 거리에 있고 몇 분 뒤면 곧 자크를 다시 볼 수 있다니…. 그러나 앙투안은 그 감동을 잘 억누르고 있었다. 직업상 그런 훈련이 되어 있었기 때문이다. 그는 힘을 집중할수록 더 냉정해지고 예민해졌다. '여덟시 반이었지' 하고 그는 생각했다. '틀림없이 집에 있을 거야. 아마 아직도 침대에 누워 있겠지. 자크를 붙들기에는 적절한 시각이군. 만일 집에 있다면 만날 약속이 되어 있다고 해야지. 내가 왔다는 것을 알리지 않고 방까지 그냥 들어가는 거야.' 그는 우산 밑에 몸을 숨기고 확신에 찬 걸음걸이로 차도를 건넜다. 그리고 현관 앞 돌층계 두 개를 올라갔다.

타일이 깔린 복도, 다음에는 넓고 깨끗이 청소가 되어 있으나 어둠침침하고 난간이 있는 옛날풍의 계단. 어디를 보아도

문이 없다. 앙투안은 계단을 올라가기 시작했다. 그의 귀에 희미하게 사람들 목소리가 들려왔다. 층계참 너머로 고개를 내밀자, 식당의 창문 저쪽에, 식탁을 중심으로 십여 명의 사람들이 둘러앉아 있는 것이 눈에 띄었다. 그 순간 그는 이렇게 생각했다. '복도가 어두운 것이 다행이군. 나를 보지 못할 테니까…. 그런데 모두 함께 식사를 하는군. 자크는 보이지 않는데, 곧 내려오겠지.' 그러자 곧… 자크…. 그의 목소리! … 자크가 무엇인가를 말했지! 자크가 거기에 있다. 자크가 살아 있다는 엄연한 이 사실!

앙투안은 휘청거렸다. 잠시 공포에 사로잡혀 자기도 모르게 몇 계단을 급히 내려갔다. 숨 쉬기조차 힘들었다. 마음속 깊은 곳에서 애정이 솟아올라 갑자기 가슴을 부풀게 하여 그를 질식시킬 것만 같았다. 그런데 낯선 이 사람들은… 어떻게 하지? 되돌아갈까? 정신을 가다듬었다. 투쟁 정신이 그를 앞으로 몰았다. 여유를 두지 말고 바로 행동해야 한다. 그는 신중하게 얼굴을 들었다. 그의 눈에는 자크의 옆모습이 보였다. 그것도 옆 사람들 때문에 단속적으로 보일 뿐이었다. 하얀 수염을 기른 키가 작고 나이가 들어 보이는 남자가 상석에 앉아 있었다. 또 서로 나이가 다른 대여섯 명의 남자가 식탁 앞에 앉아 있었다. 노인 맞은편에는 아직 젊고 아름다운 금발의 여자 하나가 두 소녀 사이에 앉아 있었다. 자크가 몸을 굽혔다. 그의 말은 빠르고 발랄하며 거침이 없었다. 그리고 어떤 절박한 위협이라도 할 것처럼 동생을 굽어보고 있는 앙투안에게는, 인간 운명의 가장 중대한 시기에 저렇게 안심하고 있을 수 있으며 곧 뒤에 일어날 일에 대해서 저렇게 무관심하게 있을 수 있다는 사실이 가슴 아프게 느껴졌다. 자리의 여러 사람들은 논쟁에 정신이 팔려 있었다. 노인은 웃고 있었으며, 자크는 자기 앞에 있는 두 청년과 말다툼을 하고 있는 것 같았다. 그는 한 번도 앙투안 쪽으로 몸을 돌리지 않았다. 자기주장을 강조하기 위해 두 번 계속해서 오른손으로 단호하게 탁자를 쳤다. 그런 태도를 다시 보리라고 앙투안은 생각지도 못했었다. 그리고 갑자기 더 격렬한 몇 마디를 주고받더니 자크는 미소를 지었다. 자크의 미소!

앙투안은 더 이상 주저하지 않고 계단을 다시 올라가서, 유리창으로 된 문을 잡고 조용히 열며 모자를 벗었다.

열 사람의 얼굴이 한꺼번에 앙투안 쪽으로 향했으나 그런 것이 그의 눈에는 들어오지 않았다. 노인은 자리에서 일어나 그에게 무엇인가를 물어보았지만 그는 아랑곳하지 않았다. 대담하면서도 즐거운 빛을 띤 그의 시선은 자크를 응시했다. 그러자 자크 쪽에서도 눈을 크게 뜨고 입을 반쯤 벌린 채 형을 바라다보았다. 무엇인가를 말하려다가 갑자기 중단한 굳어진 얼굴에는 밝은 표정이 엿보이더니 이내 얼굴을 찡그렸다. 겨우 십 초 정도 사이에 일어난 일이었다. 자크는 재빨리 일어났다. 그는 무엇보다도 적당히 얼버무려서 스캔들을 일으키지 말아야겠다는 생각밖에는 없었다.

자크는 마치 손님을 기다리고 있었다는 듯이 어색한 친절을 보이면서 재빨리 앙투안 쪽으로 달려왔다. 한편 앙투안은 이 연극에 발을 맞추어 층계참까지 물러 나왔다. 자크는 문을 닫고 형 쪽으로 왔다. 두 사람 모두 무의식중에 기계적으로 악수는 했지만 아무도 입을 떼려고 하지 않았다.

자크는 잠시 머뭇거리는 듯하더니 격렬한 제스처를 해 보이며 앙투안에게 따라오라는 것 같은 몸짓을 했다. 그리고 계단을 올라갔다.

7

이층, 삼층, 사층.

자크는 난간을 붙잡고 뒤를 돌아보지도 않으면서 무거운 걸음걸이로 올라가고 있었다. 다시 침착해진 앙투안은 이런 순간에 이토록 태연할 수 있는 자신에 대해 적잖이 놀랐다. 이미 여러 차례, 그는 불안한 마음으로 자신에게 자문해보곤 했다. '이렇게 쉽사리 차분해질 수 있는 것은 도대체 어떻게 된 일일까? 침착해서일까? 아니면 감정이 없고 냉담해서일까?'

사층 층계참에는 문이 하나밖에 없었다. 자크가 문을 열었다. 둘이 방에 들어서자마자 자크는 문의 자물쇠를 잠갔다. 그제야 비로소 형을 향해 눈을 들었다.

"무슨 일이지?" 그는 쉰 목소리로 말했다.

그러나 그의 도전적인 눈초리는 애정 어린 앙투안의 미소와 부딪쳤다. 형은 부드러운 인상을 나타내면서도 조심스럽게 때를 기다리겠다는 각오를 보이면서, 또 여차하면 만반의 태세가 되어 있다는 듯이 동생을 주시하고 있었다.

자크는 고개를 숙였다.

"무슨 일이야? 무슨 볼일로?" 그는 되풀이해서 물었다. 그 어조는 원한으로 가득 차 있고 번민으로 떨리는 애처로운 것이었다. 그러나 앙투안은 이상하리만큼 마음이 냉철해 있었기 때문에 겉으로나마 감격하고 있는 체해야만 했다.

"자크" 하고 그는 좀 더 동생 쪽으로 가까이 다가가면서 낮은 소리로 말했다. 그리고 자기의 역할을 하면서도 활기차고 민첩한 눈으로 동생을 줄곧 관찰하고 있었다. 그는 옛날과는 판이하고, 또 지금까지 상상해오던 것과는 딴판인 자크의 어깨 폭, 얼굴, 눈을 보고 놀랐다.

자크는 눈썹을 찌푸렸다. 그는 안간힘을 썼지만 소용이 없었다. 입을 오므린 채 울음이 복받치는 것을 겨우 참을 수 있었다. 드디어 노여움이 섞인 한숨을 쉬더니, 돌연 자신의 연약함에 실망한 듯 몸을 던져 앙투안의 어깨에 이마를 기대었다. 그리고 이를 악물고 같은 말을 되풀이했다.

"무슨 일이야? 무슨 일?"

앙투안은 직감적으로 지금 곧 대답을 해야겠다는 생각이 들었다. 그래서 단도직입적으로 말했다.

"아버지가 위독하시다. 이제 임종이 얼마 남지 않았어." 그는 잠시 지체하더니 말을 이었다. "그래서 너를 부르러 왔단다, 얘야."

자크는 꼼짝도 하지 않았다. 아버지가? 아버지의 죽음이 이렇게 자신이 이룩해놓은 새로운 생활 속까지 침범해 들어와 자신의 은신처에서 자신을 내몰고, 자신의 가출 동기가 무엇이었던 간에 무엇인가를 변화시킬 수 있다고 생각해본 적이 있었던가? 앙투안이 한 말 가운데 유일하게 그의 마음을 뒤흔들어놓은 것은 자크가 몇 년 전부터 들어보지 못했던 '얘야'라는 이 마지막 한마디였다.

침묵이 너무 고통스러워서 앙투안은 말을 계속했다.

"내 곁에는 아무도 없단다…." 그에게 별안간 한 가지 생각이 떠올랐다. "유모도 소용이 없고" 하고 그는 설명했다. "게다가 지젤도 지금 영국에 가 있으니."

자크는 얼굴을 치켜들었다.

"영국에?"

"그래, 지금 런던 근처의 수도원에서 학위를 따기 위해 공부하고 있어. 그래서 돌아올 수 없단다. 완전히 나 혼자야. 네가 필요하단다."

완강한 태도를 보이던 자크는 자신도 모르는 사이에 무엇인가가 흔들리고 있었다. 그것이 무엇인지는 확실히 알 수 없지만 아무튼 집으로 돌아간다는 것이 근본적으로 수락할 수 없는 것은 아니라는 생각이 들었다. 그는 몸을 돌려 머뭇거리며 두 걸음 앞으로 가더니, 마치 자기 고뇌의 깊은 곳까지 빠져들어 가기를 바라기라도 하듯, 일하는 책상 앞 의자에 주저앉았다. 그는 앙투안의 손이 자신의 어깨 위에 얹혀진 것도 알지 못했다. 그는 두 팔로 머리를 감싸고는 흐느껴 울었다. 삼 년 동안 고독 속에서, 자부심을 가지고, 힘들여가면서 자기 손으로 돌 하나하나를 쌓아 올려서 이룩한 이 피난처가 하루아침에 무너지는 것을 보는 것 같았다. 이런 혼란 속에서도 그는 자기를 기다리고 있는 운명을 직시하고, 지금 와서 아무리 반항해보아도 결국은 소용없다는 것, 빠르나 늦으나 어차피 끌려갈 것이라는 것, 자신의 자유라고까지는 할 수 없지만 이런 즐거운 고독의 생활도 이제 끝장이라는 것, 이렇게 될 바에는 차라리 당당하게 나서는 것이 상책이라고 생각했다. 그러나 그러한 자신의 무기력을 생각하자 그는 고통스럽고 분한 생각이 들어 숨이 막힐 지경이었다.

앙투안은 자신의 애정이 잠시 유보되기라도 한 것처럼 우뚝 서서 끊임없이 관찰하며 무엇인가 곰곰이 생각하고 있었다. 그는 흐느껴 울며 심하게 떨고 있는 자크의 목덜미를 물끄러미 바라보고 있었다. 그는 자크가 어릴 때 몸부림치던 일을 생각했다. 그러나 침착하게 때가 오기를 기다렸다. 흐느껴 우는 것이 길면 길수록 자크는 점점 더 체념할 수밖에 없으리라고 앙투안은 생각했다.

그는 자크의 어깨 위에 얹었던 손을 거두었다. 주위를 살피면서 순간 여러 가지를 생각했다. 이 방은 깨끗하다기보다는 아늑해 보였다. 천장은 낮았다. 방은 건물의 꼭대기에 마련된 것이 분명했다. 그러나 방은 넓고 밝았으며 상쾌한 갈색의 색조를 띠고 있었다. 양초 색깔의 윤기 나는 마룻바닥이 저절로 삐걱 소리를 냈다. 그것은 장작이 타고 있는 하얀 사기로 된 작은 난로의 열기 때문이었다. 꽃다발 무늬의 무명으로 된 안락의자가 둘, 서류와 신문을 가득 올려놓은 테이블이 몇 개 있고 책은 별로 많지 않았다. 아직 정돈되지 않은 침대 위의 선반에 있는 오십 권쯤 되는 책이 전부였다. 사진은 한 장도 없었다. 옛날 추억은 아무것도 없는 것이다. 자유롭게, 홀로, 추억 같은 것은 아예 근처에도 오지 못하게 했군! 섭섭해하는 앙투안의 마음속에는 일말의 선망 같은 것이 섞여 있었다.

그는 자크가 침착해지는 것을 알아차렸다. 방문 이유가 먹혀들었을까? 파리에 데리고 갈 수 있을까? 그는 무슨 일에서나 마음속으로 자기의 성공에 대해 진정으로 의구심을 품어본 적이 없었다. 그러자 갑자기 둑이 무너지듯 애정의 파도, 사랑과

연민의 격렬한 충동이 그를 엄습했다. 그는 불행한 동생을 껴안아주고 싶었다. 고개를 숙이고 있는 목덜미 위에 몸을 구부렸다. 그리고 매우 낮은 목소리로 불러보았다.

"자크…."

그러나 자크는 힘껏 허리에 힘을 주더니 일어서서 성난 모습으로 눈물을 닦으며 형을 노려보았다.

"나를 원망하고 있구나." 앙투안이 말했다.

대답이 없었다.

"아버지가 임종에 가까웠어." 앙투안이 변명같이 말했다.

자크는 순간 얼굴을 돌렸다.

"언제?" 하고 자크가 물었다. 목소리는 거칠고 들떠 있었으며 얼굴이 번민에 차 있었다. 앙투안의 눈과 마주치자 자기가 지금 막 한 말이 생각났다. 그는 고개를 숙이고 이렇게 다시 말했다.

"언제… 출발할 생각이야?"

"빠를수록 좋지. 모든 것이 걱정스러운 상태니까…."

"내일?"

앙투안은 머뭇거렸다.

"사정이 허락한다면 오늘 밤이라도."

둘은 서로 잠시 마주 보았다. 자크는 슬쩍 어깨를 으쓱해 보였다. 오늘 밤이든 내일이든 그것이 지금 무슨 상관이 있겠는가?

"오늘 밤 특급으로" 하고 그는 어렴풋한 목소리로 말했다.

앙투안은 이것으로 그들의 출발이 결정된 것으로 알았다. 그는 자기가 열심히 갈망하던 일에 대해서는 항상 확신을 가지고 있었다. 그래서 사실은 놀라지도, 기쁘게 여기지도 않았다.

그들은 방 가운데 우뚝 서 있었다. 거리에서는 아무 소리도 들려오지 않았다. 마치 시골에 있는 듯했다. 급경사진 지붕 위로 빗물이 조용히 흐르고 있었다. 그리고 가끔 바람 소리가 다락방 지붕 밑에서 윙윙거리며 불어왔다. 시간이 갈수록 둘 사이에는 어색함이 더해 갔다.

앙투안은 자크가 혼자 있기를 원하는 것으로 생각했다.

"처리해야 할 일이 있겠지." 그가 말했다. "나갔다 들어올게."

그러자 자크가 갑자기 얼굴을 붉혔다.

"나 말이야? 천만에! 그런데 왜?" 그러면서 황급히 의자에 앉았다.

"그래, 정말이니?"

자크는 머리를 저었다.

"그럼" 하고 앙투안은 온정을 느끼는 척하면서 말했다. "나도 앉자…. 서로 이야기해야 할 것이 참 많구나!"

사실 그는 여러 가지를 묻고 싶었다. 그러나 그만한 용기가 나지 않았다. 시간을 벌기 위해 그는 아버지 병의 여러 가지 경과에 대해서 자상하게, 그리고 자신도 모르게 전문적인 이야기를 시작했다. 자세한 이야기는 단순히 절망적인 증상만을 상기시키는 것은 아니었다. 그것은 동시에 환자의 방과 침대, 부어오르고 파리하고 아픔을 호소하는 아버지의 얼굴, 긴장된 얼굴, 고함 소리, 진정시킬 수 없는 고통을 떠올려주었다. 지금 목소리를 떨고 있는 것은 오히려 앙투안이었다. 반면 자크는 안락의자에 몸을 웅크리고 난로 쪽으로 성난 얼굴을 내밀며 이렇게 말하는 것 같았다. '아버지가 돌아가실 것 같으니까 형이 나를 데리러 왔구나. 좋아. 같이 가주지. 하지만 그 이상은 천만의 말씀이야.' 그러나 꼭 한 번 앙투안에게는 이런 동생의 냉담한 얼굴이 풀어지는 것같이 보일 때가 있었다. 그것은 그가 아버지와 유모가 함께 옛날 노래를 띄엄띄엄 부르는 것을 문밖에서 들은 이야기를 해줄 때였다. 자크도 그 노래의 후렴을 기억하고 있었다. 그는 줄곧 난로를 응시하면서 살짝 미소를 지었다. 슬퍼하며 수심에 잠긴 듯한 그 미소… 그것이야말로 어린 자크의 미소가 아니었던가!

뒤이어 앙투안이 이렇게 결론을 내렸다. "그렇게 고통을 받는 것보다는 돌아가시는 것이 편하실 것 같아." 그러자 지금까지 말 한마디 없던 자크가 갑자기 거칠게 소리 높여 말했다.

"우리한테는 확실히 그렇지."

기분이 상한 앙투안은 입을 다물었다. 그는 이런 독설 속에 확실히 도전적인 면을 보는 듯했다. 동시에 조금도 누그러지지 않은 원한에 찬 마음을 엿볼 수 있었다. 그리고 병든 아버지, 죽어가는 아버지에 대해 이런 원망을 품고 있는 것은 그에게는 참을 수 없는 일로 여겨졌다. 그는 자크의 그 원한이 옳지 못한 것으로 여겨졌다. 적어도 그것은 사실을 모르는 말이라고 생각했다. 그는 아버지가 자신 때문에 자크가 자살했다고 자책하면서 눈물을 흘리던 그날 저녁을 회상했다. 또 자크가 실종됨으로써 아버지의 건강에 미친 영향도 잊을 수가 없었다. 아버지의 병을 초기에 그토록 빨리 촉진시켰던 신경 쇠약은 비탄과 회한의 영향 때문이 아닐까? 그리고 적어도 그런 일만 없었다면 현재의 병 증상이 이렇게까지 빨리 진행되지는 않았을 것이 아닌가?

자크는 형의 말이 끝나기를 초조하게 기다렸다는 듯이 자리에서 벌떡 일어나 이렇게 물었다.

"나 있는 데를 어떻게 알았어?"

이제는 감출 수가 없었다.

"저… 자리쿠르한테서."

"자리쿠르?" 다른 어떤 이름도 이렇게까지 그를 놀라게 하지는 않았을 것이다. 그는 그 이름을 음절로 나누어 명확히 물었다. "자-리-쿠르?"

앙투안은 서류 가방을 열었다. 그리고 자기가 겉봉을 뜯었던 자리쿠르의 편지를 동생에게 내밀었다. 그것이 가장 간단한 방법이었다. 그것만으로도 모든 설명이 끝난 것이다.

자크는 편지를 집어 들고는 한번 훑어보았다. 그러고 나서 창 쪽으로 가서는 눈을 아래로 깔고, 입을 다문 채 침착하게, 감지할 수 없는 얼굴로 그것을 읽었다.

앙투안은 동생을 유심히 바라보았다. 삼 년 전만 해도 아직 소년의 흔적이 남아 있는 모습이었는데, 지금은 수염을 말끔히 깎은 것이, 그렇게 달라 보이지는 않았지만 꼬집어서 말할 수 없는 그 무엇이 그의 시선을 끌었던 것이다. 더욱 생기가 넘쳤고, 조금 전과 같은 오만이나 불안감 같은 것은 보이지 않았다. 고집은 꺾인 듯하나 더 의연한 모습이었다. 자크는 확실히 귀여운 맛은 없어졌지만 활력이 몸에 배어 있었다. 지금의 그는 똥똥한 청년이었다. 머리도 육중해 보였다. 그것은 넓어진 두 어깨 사이에 파묻혀 있었다. 그리고 자크는 머리를 뒤로 젖히는 버릇이 있었는데, 그런 태도가 약간 거만해 보이는가 하면 호전적으로 보일 때도 있었다. 턱은 끔찍할 정도로 단단해 보였다. 입도 역시 단단해지고 살이 붙었으나 어딘지 모르게 슬픈 기색을 띠었다. 입의 이런 표정은 많이 변해 있었다. 그의 흰 얼굴빛은 광대뼈에 약간의 주근깨가 있는 것까지 그대로였다. 그러나 꽤 숱이 많은 머리카락이 지금은 갈색이라기보다는 밤색으로 변해 있었다. 그것은 우람한 얼굴 위에 뻣뻣한 머리카락 더미를 만들어서 얼굴을 더욱 커 보이게 했다. 끊임없이 신경질적으로 들어 올리는, 황금빛 광채를 발하는 머리털이 계속 관자놀이 위에 늘어져 있었는데, 그것은 이마 한 부분을 덮고 있었다.

앙투안은 그 이마가 움찔하더니 눈썹 사이에 두 줄의 주름이 패는 것을 보았다. 그는 이 편지가 자크의 생각에 어떤 충격을 주었는지를 관찰했다. 그리고 동생이 편지를 들고 있던 손을 내리고 자기 쪽으로 돌리며 다음과 같이 말했을 때, 그는 아무렇지 않은 척했다.

“그럼 형도… 형도 내 작품을 읽었어?”

앙투안은 그저 눈을 끔뻑했을 뿐이다. 입술보다는 오히려 눈으로 웃음을 지으면서 그는 애정 어린 시선으로 동생의 흥분을 진정시켰다. 한편 동생은 조금 전보다는 덜 호전적인 말투로 이렇게 덧붙일 뿐이었다.

“그리고… 또 다른 사람은 누가 읽었어?”

“아무도.”

자크는 믿기지 않는다는 눈치였다.

“맹세한다.” 앙투안은 분명히 말했다.

자크는 두 손을 주머니에 넣었다. 그리고 잠자코 있었다. 실은 형이 「라 소렐리나」를 읽은 것이 별거 아니라는 생각이 곧 들었다. 그는 오히려 형의 의견이 듣고 싶었다. 열정을 가지고 쓴 것은 틀림없으나, 이미 일 년 반 전의 작품이라는 점에서 자신은 이 작품에 대해 준엄한 평가를 내리고 있었다. 그는 자신이 그 뒤에 크게 진보했다고 믿었다. 그리고 그 속에 담겨 있는 기교, 시정, 청년 시절의 과장들이 지금 생각해보면 말할 수 없이 부끄러웠다. 무엇보다도 이상한 것은 그가 작품의 주제라든가, 그 주제와 자신의 실제 이야기와의 관계를 전혀 고려하지 않는다는 사실이다. 자신의 과거에 일단 예술적 존재를 부여한 이상 그런 모든 것이 자신에게서 완전히 떨어져나간 것 같은 생각이 들었다. 어쩌다가 그런 씁쓸한 경험을 생각하게 되면 그는 곧 '그 모든 것에서 나는 완치되었다'라고 스스로 단정했다. 그래서 형이 "데리러 왔다"라고 말했을 때 가장 반사적으로 떠오른 것이 '나는 완치되었다'라는 생각이었다. 조금 뒤에 그는 또 이렇게 생각했다. '더구나 지젤도 영국에 가 있으니.' (그는 부득이한 경우에는 지젤을 생각하며 그녀의 이름을 입에 담을 때도 있었다. 그러나 제니는 잠깐 언급하는 것조차 완강하게 거부했다.)

그는 창 앞에 꼼짝도 않고 서서 먼 곳을 바라보며 잠자코 있다가 다시 몸을 돌렸다.

"형이 여기에 온 것을 누가 알고 있어?"

"아무도 몰라."

이번에는 그냥 물러서려고 하지 않았다.

"아버지는?"

"물론 모르고 계셔!"

"지젤은?"

"모르지. 아무도 모르고 있어." 앙투안은 망설였다. 그리고 동생을 아주 안심시키려고 이렇게 말했다. "그런 일이 있었던 뒤야. 더구나 지젤은 영국에 가 있으니까 모르는 게 더 나을 것 같아."

자크는 형의 얼굴을 살폈다. 무엇인가 물어보고 싶은 눈치였으나 그것도 그냥 사라져버렸다.

다시 침묵이 흘렀다.

앙투안은 그런 침묵을 두려워했다. 그러나 침묵을 깨뜨리려고 하면 할수록 더욱 그렇게 할 기회를 얻을 수가 없었다. 물론 물어보고 싶은 것이 산더미 같았다. 그렇다고 억지로 물어보고 싶지는 않았다. 그는 두 사람 모두의 마음을 더 가깝게 해줄 수 있는 간단하고도 어렵지 않은 화제를 궁리하고 있었다. 그러나 그런 것은 도무지 머리에 떠오르지 않았다.

사태가 험악해지려고 하자 자크는 갑자기 유리창을 열고는 방 안쪽으로 물러섰다. 회색 털이 수북하게 나 있고 콧등이 까만 타이산產 고양이 한 마리가 살짝 마루 위로 내려왔다.

"손님이니?" 앙투안은 뜻하지 않은 기분 풀이를 반가워하면서 말했다.

자크는 미소를 지었다.

"친구야." 그리고 덧붙여 말했다. "더구나 귀한 종자지. 간간이 찾아오는 친구야."

"어디에서 왔는데?"

"아무도 몰라. 꽤 멀리서 왔나봐. 이 동네에서는 아무도 모르니까."

고양이는 마치 소리 나는 팽이같이 그르렁거리면서 당당하게 방 안을 돌아다녔다.

"젖어 있구나." 침묵이 자기들의 주위를 맴도는 것을 느낀 앙투안이 말했다.

"대체로 비 오는 날이면 찾아와" 하고 자크가 말했다. "어떤 때는 더 늦게, 자정쯤에 찾아올 때도 있어. 유리창을 긁고 들어와서는 난로 앞에서 몸을 핥아. 그리고 몸이 마르면 밖에 나가려고 해. 몸에 손을 대본 적이 한 번도 없어. 물론 먹을 것을 주어도 안 먹고."

고양이는 한번 방을 둘러보더니 반쯤 열린 창가로 되돌아갔다.

"저런" 자크는 유쾌한 듯 소리를 질렀다. "형이 있으리라고는 기대하지 않았던 모양이야. 돌아가려고 해." 과연 고양이는 아연칠을 한 창가로 뛰어올라 가더니 뒤도 돌아보지 않고 지붕 위로 나가버렸다.

"내가 침입자라는 것을 용케도 아는구나." 앙투안은 조금 신중하게 말했다.

마침 창문을 닫고 있던 자크는 듣지 못한 체했다. 그러나 그가 몸을 돌렸을 때 그의 얼굴은 빨갛게 물들어 있었다. 그는 조용히 방 안을 이리저리 왔다 갔다 하기 시작했다.

다시 침묵이 흘렀다.

앙투안은 하는 수 없이—물론 자크가 마음을 돌려주었으면 하는 기대와 환자에 대한 생각이 머리에서 떠나지 않았기 때문에—아버지에 관한 이야기를 다시 시작했다. 그는 수술한 뒤의 아버지의 성격 변화에 역점을 두었다. 그리고 대뜸 이런 말까지 해버렸다.

"너도 삼 년 동안 아버지가 늙어가시는 모습을 나처럼 지켜보았다면 생각이 달라졌을지 모르지."

"글쎄" 하고 자크는 얼버무렸다.

앙투안은 쉽사리 물러서지 않았다.

"그런데" 그는 말을 계속했다. "나는 우리가 아버지를 과연 있는 그대로 알고 있었는지를 가끔 생각해보는데…" 그 문제를 붙들고 늘어지면서 그의 속셈은 아주 최근에 있었던 일을 자크에게 들려주는 데 있었다. "너도 알지만" 하고 그가 말했다. "집 앞 이발소의 포부아 말이야. 가구집 근처 프레 오 클레르가街 못미처 있던 이발소 말이야…."

고개를 숙인 채 왔다 갔다 하던 자크가 갑자기 멈추어 섰다. 포부아… 프레 오 클레르가… 그것은 은둔 생활을 통해 그가 다 잊었다고 믿었던 하나의 세계가 갑작스럽게 투사되는 것이나 다름없었다. 그는 그곳에 있는 작은 물건 하나하나까지 다시 보는 것 같았다. 보도 위에 깔린 돌 하나하나, 진열대, 호두색깔의 손가락을 가지고 있는 늙은 가구 제조인, 또 얼굴이 창백한 골동품 상인과 그의 딸, 그리고 '우리 집', 마차가 드나들 수 있는 반쯤 열린 정문, 수위실, 형과 살았던 아래층, 그리고 리스벳, 더 거슬러 올라가면 버려진 자신의 어린 시절… 리스벳, 자신의 최초의 체험… 빈에서 그는 또 다른 리스벳을 체험했고, 질투를 느낀 그녀의 남편은 자살했지…. 그는 자신의 출발을 캄메르진 하숙집의 딸인 소피아에게 알려주어야겠다는 생각이 문득 들었다….

앙투안은 이야기를 계속했다.

그런데 몹시 바빴던 어느 날 그는 포부아 이발소에 갔었다.

그곳은 자크와 그가 손님이 되기를 줄곧 거부했던 곳이다. 왜냐하면 이십 년 동안 매주 토요일마다 아버지가 그곳에서 이발을 했기 때문이다. 앙투안을 잘 알고 있던 주인은 곧 티보 씨에 관해 말하기 시작했다. 목에 타월을 두르고 하릴없이 앉아 있던 그는, 이발사가 하는 이야기 중에서 자신이 지금까지 예측하지 못했던 아버지의 모습이 차츰 그려지는 것을 보고 놀랐다. "이러했어" 하고 그는 설명을 시작했다. "아버지는 포부아 이발소에 가서 언제나 우리 이야기를 하셨대. 특히 네 이야기를 말이야…. 포부아는 확실히 기억하고 있었어. 어느 여름날에 '티보 씨 댁의 아드님이'—이것은 네 이야기야—대학입학 자격시험을 합격했을 때인데, 아버지가 가게 문을 살짝 열고는 이러시더래. '**포부아, 우리 집 녀석이 시험에 합격했단 말이야.**' 그래서 포부아는 이렇게 말했대. '아버님께서는 어깨가 으쓱해지셨겠네요. 기쁜 일이지요!' 어때, 상상도 할 수 없는 일이지? … 그러나 내가 가장 놀란 것은… 삼 년 동안 일어난 여러 가지 일 때문이야…."

자크는 살짝 얼굴을 찌푸렸다. 앙투안은 이렇게 계속하는 것이 실수를 저지르는 짓이나 아닌가 자문해보았다.

그러나 곧 그는 거침없이 말했다.

"그래. 네가 집을 나간 뒤였어. 아버지는 무엇 하나 사실대로 말한 적이 없었지. 그리고 동네 사람들을 속이기 위해 심지어는 이야깃거리를 만들기까지 하셨어. 예를 들어 포부아는 나에게 이런 말을 해주었어. '여행보다 더 좋은 것이 어디 있습니까! 여력이 있으실 때 작은아드님을 외국에 공부하러 보내길 잘하셨지요. 우선 우체국이 있어서 요새는 어디를 가나 편지를 할 수 있으니까요. 아버님도 말씀하셨지만, 작은아드님한테는 일주일 이상 편지가 오지 않을 때가 한 번도 없었다고….'"

앙투안은 자크 쪽을 보는 것을 피했다. 그리고 너무 틀에 박힌 이 화제를 피하려 했다.

"아버지는 내 이야기도 하셨대, '**큰아들 녀석은 머지않아 의과대학 교수가 될 거야.**' 거기에다 유모, 하녀들 이야기까지. 포부아는 우리 집안일을 모두 알고 있어. 거기에 지젤 일까지도. 그런데 참 이상해. 아버지가 자주 지젤 이야기까지 하셨다니 말이야. (포부아한테도 또래의 딸이 있었대. 그런데 그 뒤에 죽은 것 같아.) 포부아가 아버지한테 '우리 집 딸은 이런저런 일을 하지요'라고 말할 때면 아버지도 '**내 딸**은 이것을 한다네'라고 말씀하셨대. 상상이나 할 수 있겠니? 포부아는 아버지한테 들었다고 하면서 나도 잊어버렸던 어린 시절의 장난과 말투를 산더미같이 들려주었어. 그 당시에 그런 어린애 같은 말들을 아버지가 관찰하고 있었다고 누가 상상이나 할 수 있었겠니? 또 포부아는 아버지 말을 그대로 옮겨서 이렇게 이야기해 주었어. '아버님께서는 따님이 없으신 것을 무척 아쉬워하고 계셨거든요. 저에게 가끔 이런 말씀을 하셨어요. '**여보게, 포부아, 저것(지젤)도 이제는 내 딸 같아.**' 아버지의 말을 그대로 하는 거야. 나는 정말이지 놀랐어. 퉁명스럽고 소심한 척하면서 근심이 많은 그런 감정의 소유자인데, 도대체 누가 상상할 수 있었겠어!"

자크는 말 한마디 없이 얼굴도 들지 않고 여전히 왔다 갔다 하고 있었다. 그리고 거의 형 쪽을 보지 않았지만, 앙투안의 일거일동을 놓치지 않고 있었다. 그는 감동되어 있다기보다는 격렬하고 서로 모순된 충동에 사로잡혀 있었다. 그에게 훨씬 고통스러웠던 것은, 좋든 싫든 간에 과거가 자기 생활 속으로 불쑥 침입해 들어옴을 느끼고 있는 것이었다.

자크가 굳게 입을 다물고 있는 것을 본 앙투안은 실망했다. 어떤 대화도 시작할 수 없었기 때문이다. 그는 동생에게서 눈을 떼지 않았다. 그리고 무관심하고 침울한 그의 모습에서 무엇을 생각하고 있는지 알아내려고 애썼다. 그렇다고 동생을 원망하고 싶지는 않았다. 되찾은 이 얼굴, 비록 뻣뻣한 모습으로 자기에게서 등을 돌리고는 있지만 동생의 이 얼굴을 좋아하고 있었다. 이 세상의 어떤 얼굴도 그가 이토록 그리워해 본 적이 없었던 것이다. 그는 그것을 말이나 행동으로 나타낼 생각은 없었지만, 그의 마음속에는 다시금 새로운 애정이 솟아올랐다.

이런 가운데 침묵이 감돌았다. 승리감에 젖어 있고, 공감을 나타내며, 짓누르는 듯한 침묵. 귀에 들리는 것은 홈통 속을 흐르는 빗물 소리, 불꽃 튀기는 소리, 가끔 자크 발밑에서 삐걱거리는 마룻바닥 소리뿐이었다.

마침 자크는 난롯가로 가까이 가서 뚜껑을 열고 장작 두 개를 던져 넣었다. 그리고 반쯤 무릎을 꿇고는 자기를 줄곧 바라보고 있는 형 쪽으로 몸을 돌리더니 갑자기 건방진 말투로 이렇게 중얼거렸다.

"형은 나를 신랄하게 비난하겠지. 아무래도 좋아. 나는 그럴 만한 일은 하지 않았으니까."

"천만에." 앙투안은 서둘러 동생의 말을 고쳐주었다.

"나는 내 나름대로 행복할 권리가 있거든." 자크가 말했다. 그는 격렬한 기세로 다시 일어나더니 잠시 잠자코 있었다. 그러더니 이를 악물고 말했다. "여기에서 나는 정말 행복했어."

앙투안은 몸을 앞으로 구부렸다.

“정말로?”

“정말이야!”

말을 주고받을 때마다 그들은 대단한 호기심과 솔직하고도 사려 깊은 자세로 잠시 서로를 바라보곤 했다.

“너를 믿어.” 앙투안이 말했다. “도대체 네가 집을 나갔다는 것은… 그러나, 나는 아무래도… 납득이 가지 않는 것이 많아…. 오” 하고 그가 조심스럽게 외쳤다. “너를 조금이라도 나무랄 목적으로 온 것은 아니란다, 얘야….”

이때 자크는 처음으로 형의 얼굴에서 미소를 보았다. 그는 긴장되고 난폭할 만큼 정력적인 형을 생각하고 있었던 것이다. 이 미소야말로 그에게는 감동적인 새로운 발견이었다. 갑자기 감격해하는 자신을 보이는 것이 두려워서였을까? 그는 주먹을 꽉 쥐고 팔을 내저었다.

“형, 그만둬. 그런 이야기는 이제…” 그는 한 말을 수정하듯 이렇게 덧붙였다. “지금은 하지 마.” 그 얼굴에는 진심으로 괴로워하는 표정이 엿보였다. 그는 그늘 속으로 얼굴을 돌리며 눈을 감고 중얼거렸다. “형은 이해할 수 없어.”

다시 침묵이 감돌았다. 그러나 경직되었던 분위기는 한결 누그러진 편이었다.

앙투안은 일어났다. 그리고 자연스럽게 물었다.

“담배 안 피우니? 나는 무척 피우고 싶은데, 괜찮겠지?” 그는 모든 것을 과장하지 않고, 이 야생적인 인간을 온정과 여유를 가지고 차츰 길들여가는 것이 상책이라고 판단했다.

그는 몇 모금 들이마신 뒤에 창가로 갔다. 로잔의 낡은 지붕들은 거무스름한 길마들이 서로 풀 수 없을 정도로 엉켜 있는 모습을 하고 호수를 향해 달리고 있는 것 같았다. 그리고 지붕들의 윤곽은 빗속에 흐려져 잘 보이지 않았다. 이끼가 덮인 기와는 솜털처럼 물에 젖어 있었다. 끝없는 지평선은 역광을 받은 한 줄기의 산맥과 닿아 있었다. 산봉우리의 눈은 한결같은 회색 하늘 위로 하얗게 솟아 있었다. 그리고 경사면을 따라 그 눈은 납빛의 지면 위로 맑은 물줄기를 내면서 얼어붙어 있었다. 마치 어둠침침한 우유 화산이 크림을 뱉고 있는 것 같았다.

자크가 형 곁으로 다가왔다.

"당도슈 산맥이야." 하고 팔을 내밀면서 그가 말했다.

도시는 층층으로 이루어져 있어서 호수의 가까운 기슭은 보이지 않았다. 역광을 받고 있는 건너편 기슭은 비의 장막에 가려 그림자 같은 절벽에 지나지 않았다.

"네가 말하는 호수가 오늘은 거친 바다처럼 파도치고 있구나." 앙투안이 말했다.

자크는 그렇다는 듯이 미소를 띠었다. 그는 호숫가에서 시선을 떼지 않고 나무숲들, 마을들, 부교 옆에 대놓은 배들, 산장으로 올라가는 구불구불한 샛길을 머릿속에 그리면서 꼼짝도 않고 오랫동안 지켜보고 있었다…. 방황과 모험의 무대와 헤어져야 하다니. 얼마 동안이나 이곳을 떠나 있어야 할까?

앙투안은 그의 주의를 다른 데로 돌리고 싶었다.

"오늘 아침에 해야 할 일이 여러 가지 있을 텐데?" 그가 말했다. "만일에…" 그는 다음과 같이 말을 이으려고 했다. '오늘 저녁에 출발하게 된다면' 그러나 그는 말을 끝맺지 못했다.

자크는 짜증이 났는지 고개를 설레설레 저었다.

"응, 괜찮아. 나는 내 몸 하나니까. 혼자 사니까 별로 복잡한 것은 없어. 제대로… **자유**를 지키고 있으면 되니까." 자유라는 말이 침묵 속에서 울렸다. 그러더니 이번에는 슬픈 기색으로 무엇인가를 뚫어지게 바라보면서 어조를 바꾸어 한숨지으며 말했다. "형은 이해 못 해."

'도대체 여기에서 어떤 생활을 하고 있을까?' 앙투안은 혼자 생각했다. '할 일은 있다 치자…. 그러나 생활비는 어떻게 벌고 있을까?' 앙투안은 얼마 동안 이런 생각을 하면서 여러 가지 추측을 해보았다. 마침내 목소리를 낮추어 이렇게 말했다.

"너도 이제 성년이니 어머니 유산에서 네 몫을 받을 수 있을 텐데…."

자크의 눈길에 장난기 어린 빛이 살짝 스쳐갔다. 그는 질문을 할 뻔했다. 아쉬움이 약간 그의 마음을 사로잡았다. 그랬으면 그런 고생은 안 해도 되었을 텐데 하고 그는 생각했다. 튀니지에서의 부두 일… 트리에스테에서는 아드리아티카의 지하 노동… 인스부르크의 도이치 푸크드르 크라잇*에서의 일… 그런 생각도 잠시였다. 아버지의 죽음으로 인해서 확실히 편해질 것이라는 생각은 전혀 머리에 떠오르지조차 않았다. 그렇다! 그들의 돈 없이, 그들에게 의존하지 않고! 나 혼자 해가는 거다!

"어떻게 꾸려나가고 있니?" 앙투안이 지나가는 말로 물었다. "생활비는 쉽게 벌고 있어?"

* 독일에 있는 인쇄 공장.

자크는 주위를 두루 살펴보았다.

"보다시피."

앙투안은 다시 물어보지 않을 수 없었다.

"아니 뭐라고? 무엇을 하고 있는데?"

자크의 얼굴에는 또다시 베일에 가린 듯한 고집스러운 표정이 떠올랐다. 이마 위에 한 줄 주름이 생겼다 없어지곤 했다.

"간섭하려고 물어보는 것은 아니야." 앙투안은 변명이라도 하듯 재빨리 말했다. "다만 한 가지 소원이 있다면, 얘야, 네가 나무랄 데 없는 생활을 해나가고, 행복해졌으면 하는 것뿐이야!"

"그거야!…" 하는 소리가 자크의 입에서 어렴풋이 새어 나왔다. 말투로 비추어 보아, 확실히 '그거야. 내가 행복해진다는 것은 불가능해!'라는 뜻이었다. 자크는 어깨를 으쓱하면서 지친 목소리로 곧 말을 계속했다. "형, 이제 그만해 둬, 그만… 형은 아무리 해도 나를 잘 이해하지 못할 거야." 그는 웃음을 보이려고 애썼다. 허둥지둥 몇 걸음 내딛더니 다시 창가로 돌아왔다. 그리고 눈을 멀거니 뜬 채 자기 말의 모순을 알아차리지 못하고는 다시 분명히 말했다. "나는 여기서 참 행복했는데… 참으로."

그리고 시계를 보면서 형에게 말할 기회를 주지도 않고 형 쪽으로 돌아섰다.

"캄메르진 할아버지를 소개해줄게. 만일 딸이 집에 있으면 그 딸도. 그다음에 점심 식사를 하러 나가지. 여기는 말고 어디 딴 데로." 그는 다시 난로 뚜껑을 열고 장작을 넣으면서 말을 계속했다. "…옛날에는 양복점을 했던 남자인데… 지금은 시의회 의원이야…. 또 열렬한 노동조합주의자이기도 하고… 주간지를 만드는데, 거의 혼자서 쓰고 있어…. 만나보면 알겠지만 무척 선량한 사람이야."

캄메르진 영감은 지나치게 난방이 잘된 서재에서 웃옷을 벗은 채 교정을 보고 있었다. 그는 정사각형의 기묘한 안경을 끼고 있었는데, 머리털같이 가는 금테가 통통하게 살찐 작은 귓가에 걸려 있었다. 외양은 순박해 보이지만 교활한 데가 있고, 말투는 점잔을 부리지만 행동에 웃기는 데가 있었으며, 끊임없이 웃는 얼굴을 하고, 안경 너머로 사람들의 눈을 뚫어지게 응시하곤 했다. 그는 맥주를 가져오게 했다. 그리고 앙투안을 '선생님'이라고 불렀다. 그러더니 얼마 안 있어 '여보게'라고 했다.

자크는 아버지의 건강이 좋지 않아 '얼마 동안' 자리를 비우게 되리라는 것, 오늘 밤에 떠나지만 이달 치 방값은 지불할 테니까 방은 비워두라는 것, '모든 짐'도 그대로 두고 간다는 것을 차분하게 알렸다. 앙투안은 눈썹 하나 까딱하지 않았다.

노인은 자기 앞에 있는 종이쪽지를 휘두르면서, '당黨' 신문을 위한 합동인쇄소 계획에 대해 생각나는 대로 입담 좋게 이야기를 시작했다. 자크는 흥미를 느끼고 있는 듯 뭐라고 맞장구를 쳤다. 앙투안은 두 사람의 이야기에 귀를 기울였다. 자크는 단둘이 있게 되는 것을 서두르는 것 같지 않았다. 그렇다면 아직 나타나지 않은 누군가를 기다리고 있는 것일까?

마침내 자크가 떠나자는 신호를 했다.

8

밖에 나오자 매서운 북풍이 불어오더니 진눈깨비가 휘날렸다.

"눈이 흩날리네." 자크가 말했다.

자크는 될 수 있는 대로 말을 하려고 노력했다. 어떤 공공건물을 따라 돌로 된 넓은 계단을 내려가면서 그는 물어보지도 않았는데 그것이 대학이라고 설명했다. 그런 말투에서 자기가 선택한 도시에 대해 약간의 자부심을 가지고 있는 것이 엿보였다. 앙투안은 감탄하며 바라보았다. 그러나 계속 세차게 휘몰아치는 진눈깨비 때문에 둘은 급히 어딘가 피할 곳을 찾아야만 했다.

자전거와 사람들이 지나간 자국이 나 있는 좁은 길모퉁이에 이르자 자크는 유리문이 달려 있는 어떤 가게 쪽으로 향했다. 간판 대신에 유리문 위에는 흰색 대문자로 이렇게 쓰여 있었다.

GASTRONOMICA*

오래된 떡갈나무로 미장널을 붙인 실내는 온통 밀랍이 입혀져 있었다. 식당 주인은 뚱뚱하고 서글서글해 보이며, 혈색이 좋고 숨 가빠 하면서도 자신과 자신의 건강, 종업원과 메뉴에 이르기까지 만족해했는데, 손님이 오면 마치 뜻밖의 손님이 오는 것처럼 친절하게 맞이하곤 했다. 벽 위에는 고딕체로 여러 가지 말이 너저분하게 씌어 있었다. **가스트로노미카, 우리 집 요리는 화학이 아닙니다!** 또는 **가스트로노미카, 겨자 그릇 가장자리에 굳**

* 식도락원이라는 뜻.

어 있는 겨자가 전혀 없음!

자크는 캄메르진을 만나고 나서 빗속을 걷다 보니 기분이 풀렸는지, 형이 재미있어하는 것을 보고는 흐뭇해하는 미소를 지었다. 이런 딴 세상을 대할 때의 앙투안의 호기심, 탐욕스러운 눈초리, 슬쩍 지나가면서도 특징이 드러날 때는 그것을 놓치지 않고 음미하는 태도는 놀랄 만한 것이었다. 전에 둘이 라틴 구區의 싸구려 식당에서 점심을 할 때도 앙투안은 주위를 살펴보는 일이 없었다. 앞에 있는 물병에다가 의학 잡지를 세워놓는 일이 고작이었다.

앙투안은 자크가 자기를 계속 살피고 있다는 것을 느꼈다.

"그래, 내가 변한 것 같니?"

자크는 애매한 몸짓을 했다. 그렇다. 그가 보기에 앙투안은 변한 것 같았다. 아주 많이 변한 것 같았다. 그러나 어디가 변했을까? 그것은 아마 지난 삼 년 동안 자크가 형의 여러 가지 특징을 잊고 있었기 때문은 아닐까? 지금 그는 그것을 하나하나 생각해내고 있었다. 이따금 보이는 앙투안의 이런저런 동작—좀 어깨를 으쓱해 보인다든가, 눈을 껌벅거린다든가, 무슨 설명을 할 때 손을 벌린다든가 하는 따위—이런 것들은 옛날에 자주 보던 모습인데도 기억에서 완전히 사라졌던 것에 그는 꽤 놀라지 않을 수 없었다. 그러면서도 한편으로는 아무것도 생각나지 않는 몇 가지 독특한 면이 그를 당황하게 만들었다. 얼굴과 태도의 전체적인 표정, 아주 자연스러운 침착성, 타협적인 태도, 퉁명스럽지도 거칠지도 않은 시선, 이 모든 것이 아주 새롭게 느껴졌던 것이다. 그는 애매모호한 몇 마디로 그것을 말하려고 했다. 앙투안은 슬며시 웃었다. 자신은 그것이 라

셸이 남겨놓고 간 선물이라는 것을 알고 있었다. 몇 달 동안 겪은 열렬한 사랑 덕분에 지금까지 어떤 행복도 받아들이려 하지 않았던 그의 얼굴에는 낙관적인 자신감과 사랑을 독차지하고 있는 연인의 만족감이 새겨져 있었던 것이다. 깊이 박힌 그 자국이 완전히 사라지지 않고 있었던 것이다.

점심은 맛있었다. 산뜻하고 약하며 차가운 맥주. 방 안 분위기도 대단히 좋았다. 앙투안은 유쾌한 기분으로 이 지방의 진미에 놀라움을 금하지 못했다. 그는 이런 분위기라면 동생의 침묵도 어쩔 수 없이 꺾이리라고 생각했다. (비록 자크가 입을 열 때마다 마지못해 대화에 뛰어드는 인상을 주었지만! 망설이다가 딱딱 끊기는 그의 말은 이따금 아무런 이유 없이 갈팡질팡하고 심하게 떨기도 했고, 그런가 하면 갑자기 중단되기도 했다. 그리고 말을 하면서 그는 형의 눈을 물끄러미 바라다보곤 했다.)

"아니야, 형!" 자크가 형의 재치 있는 말에 대꾸했다. "형이 잘못 생각했을지도 몰라…. 스위스에서라고 해서… 아무튼 나는 많은 나라를 돌아다녔어. 그래서 분명히 말해두지만…."

앙투안의 얼굴에 반사적인 호기심이 떠오른 것을 눈치챈 자크는 입을 다물어버렸다. 그리고 곧 형에게 보인 우울한 기분을 뉘우쳤는지 자기편에서 말을 다시 시작했다.

"저것 봐, 저 남자, 저런 사람은 확실히 전형적이라고 말할 수 있어. 우리의 오른쪽에서 주인하고 이야기하고 있는 저 사람, 스위스 사람한테서 볼 수 있는 전형적인 타입이지. 생김새라든가, 몸가짐이라든가… 그리고 억양도…."

"감기 든 것 같은 저 목소리가?"

"아니" 하고 자크는 조심스럽게 눈썹을 찌푸리면서 정정했다. "힘차면서 약간 느릿한 말투, 뭔가 깊이 생각하는 것이 엿보여. 특히 저것 봐, 자신에 대해 반성하는 것 같으면서 주위에서 일어나는 일에는 무관심한 듯한 모습. 저것이야말로 정말 스위스적이야. 그러면서도 어디에서나 항상 안주하고 있는 저 모습…."

"눈에 총기가 있어." 앙투안은 인정한다는 투로 말했다. "그러나 믿기 어려울 정도로 생기가 없군."

"그래, 로잔의 대다수 사람들이 모두 저래. 아침부터 저녁까지 서두르지도 않고, 그렇다고 일 분도 헛되게 쓰지 않으면서 그들은 자기가 해야 할 일을 하고 있어. 다른 사람들의 생활과 마주치면서도 그 속에는 끼어들지 않지. 그들은 자신이 그어놓은 경계선을 넘는 일이 거의 없어. 그리고 현재 하고 있는 일, 또는 앞으로 해나갈 일에 일생 동안 묶여 있어."

앙투안은 잠자코 듣고만 있었다. 자크는 이렇게 귀담아들어 주는 것에 대해 약간 어색해하면서도 한편 그것에 힘을 얻어 마음속으로 으쓱했다. 그러면서 말수가 많아졌다.

"형은 '생기'라고 했는데…" 그는 말을 다시 이었다. "누구나 스위스 사람들은 둔하다고 생각해. 그것은 지나친 속단이야. 그것은 모두 거짓말이라고. 그들의 기질은 다르지…. 형하고는… 아마 더 중후할 거야. 때에 따라서는 유연하기도 하고…. 둔하다니, 천만의 말씀이야. 오히려 건실해. 그것과 이것은 완전히 달라."

"내가 놀란 것은" 하고 앙투안은 호주머니에서 담배를 꺼내며 말했다. "네가 용하게도 이렇게 어수선하고 법석거리는 곳에서 아무렇지도 않게 살고 있다는 것이란다….”

“바로 그거야!” 자크가 부르짖었다. 그는 뒤엎을 뻔한 빈 잔을 옆으로 밀어놓았다. “나는 여러 곳에서 살아보았어. 이탈리아, 독일, 오스트리아….”

앙투안은 가만히 성냥개비를 보면서 얼굴을 들지 않고 말했다.

“영국은…”

“영국? 안 갔어. 영국에는 왜 가?”

잠시 침묵이 흐르는 동안 둘은 서로 탐색했다. 앙투안은 아래를 내려다보고 있었다. 자크는 좀 당황했으나 그래도 말을 계속했다.

“…그런데 나는 지금 말한 어느 나라에서도 결코 자리 잡을 수 없었어. 더구나 일은 할 수조차 없었지! 그곳에서는 피곤해서 못 살겠어! 이곳에 와서야 비로소 나는 마음의 안정을 찾았다고 할까….”

사실 그렇게 말할 때 그는 아주 마음이 안정된 것 같았다. 그는 비스듬히 앉아 있었는데, 그렇게 하는 것이 몸에 밴 것 같았다. 마치 머리털 무게가 그렇게 만들기나 한 것처럼 뻣뻣한 머리카락 타래 옆으로 머리를 숙이고, 오른쪽 어깨는 앞으로 내밀고 있었다. 쭉 펴고 있는 오른손은 넓적다리를 단단히 짚고, 그 팔 위에 상반신을 전부 맡기고 있었다. 왼쪽 팔꿈치는 반대로 가볍게 식탁 위에 놓고, 왼 손가락으로 그 위에 흩어져 있는 빵부스러기를 만지작거리고 있었다. 그 손은 신경질적이고 표현력이 많은 어른의 손이 되어 있었다.

그는 지금까지 말한 것을 다시 생각하고 있었다.

"여기 사람들은 들떠 있지 않아." 그의 말에는 고마워하는 투가 섞여 있었다. "물론 정열이 없어 보이는 것은 겉으로만 그런 거야…. 정열, 다른 어느 곳에서나 마찬가지로 이곳에도 널리 퍼져 있어. 그러나 형도 알다시피 정열이란 매일매일 묶여 있으면 그다지 위험하지 않지…. 별로 감염성이 없으니까…." 그는 다시 말을 중단하더니 갑자기 얼굴을 붉히면서 목소리를 낮추어 말을 계속했다. "실은 지난 삼 년 동안은!…"

그는 앙투안을 보지 않고 손등으로 힘차게 머리털을 치켜올리더니 자세를 바꾸었다. 그러고는 아무 말이 없었다.

비밀을 털어놓는 첫걸음인가? 앙투안은 아무런 내색도 하지 않고 다정한 눈으로 동생을 지켜보며 기다렸다.

그러나 자크는 일부러 화제를 바꾸었다.

"여전히 비가 오는군." 그가 일어서면서 말했다 "되돌아가지. 그게 낫겠어, 안 그래?"

둘이서 식당을 나오는데 그들 앞을 지나가던 자전거를 탄 남자가 자전거에서 내리더니 자크 쪽으로 뛰어왔다.

"저쪽에 누가 있습니까?" 하고 그 남자는 인사도 하지 않고 숨을 헐떡거리며 물었다. 바람에 날리지 않게 팔짱을 끼고 누르고 있는 등산용 외투가 비에 흠뻑 젖어 있었다.

"아니." 자크는 별로 놀란 기색도 없이 대답했다. 그는 어떤 집 입구 대문이 열려 있는 것을 발견하고는 "저리로 가자" 하고 말했다. 앙투안이 조심스럽게 좀 떨어져 있는 것을 보고 그는 형을 부르기 위해 돌아섰다. 그러나 비를 피하기 위해 셋이서 같이 들어가면서도 아무런 소개도 해주지 않았다.

그 남자는 고개를 한번 흔들어 눈 위에까지 가리고 있던 두

건을 벗었다. 삼십은 넘은 남자였다. 겉으로는 좀 우락부락하게 보였으나 그의 시선은 부드럽고 정다워 보였다. 찬 공기로 붉어진 얼굴에는 오래전에 생긴 듯한 칼자국이 있었다. 그 흉터는 오른쪽 눈을 반쯤 감기게 하고 눈썹을 비스듬히 자르면서 모자 그늘 속에 가려져 있었다.

"그놈들이 내게 비난을 퍼붓고 있어." 그 남자는 앙투안이 옆에 있는 것은 아랑곳없다는 듯이 열띤 목소리로 말했다. "이것 봐, 내가 그런 말을 들을 만한 일을 했을까?" 그는 자크의 판단에 특별한 주의를 기울이고 있는 것 같았다. 자크는 그에게 동의하는 태도를 취했다. "그놈들, 도대체 어떻게 하겠다는 거야? 배신자라고 말하고 있으니 말이야. 그것이 내 잘못이야? 그놈들은 지금 멀리 떨어져 있어. 그래서 저희들을 고발 못 할 줄로 알고 있어."

"그런 술책은 통할 수 없어" 하고 자크는 잠시 생각해보더니 말했다.

"둘 중의 하나지…."

"그래, 바로 그거야!" 하고 상대는 일종의 고마움을 표시하면서 뜻밖의 열의를 가지고 기다릴 수 없다는 듯이 소리를 질렀다. "그렇지만 그때까지 정치 언론에 이쪽이 당하지 않도록 해야지."

"무슨 낌새를 알아차리기만 하면 사바킨 그 자식, 재빨리 없어질 거야" 하고 자크가 작은 목소리로 속삭이듯 말했다. "그리고 비송도 두고 봐."

"비송도? 그럴지도 모르지."

"그런데 권총 건은 어떻게 됐어?"

"그것은 별것 아니야. 증명은 문제없어. 그놈의 옛날 애인이 죽은 뒤에 무기상이 파는 것을 바젤에서 샀다고 해두면 되거든."

"그런데 레이에" 자크가 말했다. "얼마 동안은 내 도움을 기대하지 마. 지금부터 얼마 동안은 여기에서 편지를 쓸 수 없을 테니까. 그 대신 리샤르들레한테 가서 서류를 받아. 나 대신이라고 말하고. 서명할 필요가 있을 때는 마크 라에르한테 전화를 걸라고 해. 알겠지?"

레이에는 자크의 손을 잡고 아무 말 없이 악수를 했다.

"그런데 루트는?" 레이에의 손을 잡은 채 자크가 물었다.

상대는 고개를 숙였다.

"어찌할 도리가 없어." 그는 겁을 먹은 듯 웃으며 대답했다. 그리고 눈을 들며 격한 목소리로 되풀이했다. "어쩔 도리가 없어. 그녀가 좋단 말이야."

자크는 레이에의 손을 놓았다. 그리고 잠시 아무 말 없이 있다가 중얼거렸다.

"도대체 둘은 어떻게 되는 거야?"

레이에는 한숨지었다.

"아기를 낳을 때 너무 힘들었어. 옛날 같은 몸으로는 되돌아오지 못해. 어쨌든 일은 못하게 되었지…."

자크는 말을 가로막았다.

"그런데 나한테는 '저에게 용기만 있다면 깨끗이 끝을 내겠는데'라고 말했는데."

"알겠어? 그러니까 나는 어떻게 할 수도 없어."

"하지만 슈내바크는?"

남자는 위협적인 몸짓을 했다. 증오의 빛이 그의 눈에 타올랐다.

자크는 손을 내밀어 레이에의 팔에 얹었다. 다정하면서도 단호하게 거의 명령적으로 그의 팔을 눌렀다.

"너는 이제 어떻게 할 거야, 레이에?" 자크는 엄숙한 목소리로 되풀이했다.

상대는 화난 것같이 어깨를 흔들었다. 자크는 얹었던 손을 다시 당겼다. 잠깐 침묵이 흐르더니 레이에는 엄숙하게 손을 들었다.

"우리와 마찬가지로 그들한테도 결국 마지막에는 죽음이 있을 뿐이야. 이것만은 확실히 말할 수 있어." 그는 낮은 목소리로 결론을 내렸다. 그리고 지금부터 말하려는 것이 명백한 사실인 것같이 조용히 웃었다. "그렇지 않으면 살아 있는 놈은 죽은 자와 같고, 그리고 죽은 놈들은 실제로 살아 있게 되는 거야…."

그는 자전거 안장을 움켜잡더니 한쪽 팔로 들어 올렸다. 상처 난 자국이 보랏빛으로 솟아올랐다. 그리고 그는 외투의 모자를 벗고 자크에게 손을 내밀었다.

"고맙네. 리차들레한테 가봐야지. 자네는 그릇이 크고 진실하고 멋진 사람이야." 그의 목소리는 다시 신뢰감에 넘치고 즐거운 어조로 되돌아갔다. "보티, 자네를 보기만 해도 나는 세상… 인간들, 문학… 그래, 언론하고도 화해할 수 있을 것 같은 생각이 들어…. 그럼 먼저 갈게!"

앙투안은 두 사람의 이야기가 무슨 뜻인지 전혀 알아듣지 못했다. 그러나 그들이 하고 있던 말 한마디도, 그 몸짓 하나도 놓치지 않았다. 그는 처음부터 그 남자가 자크보다 훨씬 더 나이를 먹었으면서도, 인정받고 있는 윗사람에게만 베푸는 애정 어린 존경심을 보여주고 있다는 것을 직감적으로 느꼈다. 무엇보다 그를 놀라게 한 것은 그들이 이야기를 하고 있는 동안 자크의 상냥스런 얼굴, 평온해 보이면서도 사색에 잠긴 이마, 중후한 눈길, 전신에서 발산되는 놀랄 만한 위엄 등을 엿볼 수 있었다는 사실이다. 이것은 앙투안에게는 새로운 발견이었다. 몇 분 동안에 자신이 전혀 알지 못했던 자크, 그럴 수 있으리라고는 짐작조차 할 수 없었던 자크, 그러면서도 모든 사람이 볼 때 의심할 여지가 없는 진정한 자크, 오늘의 자크를 눈앞에서 똑똑히 보았던 것이다.

레이에는 다시 자전거를 탔다. 그리고 앙투안에게 인사하는 것도 잊고 진흙을 튕기며 멀어져갔다.

9

형제는 다시 길을 걸었다. 그러나 자크는 조금 전의 만남에 대해서 이렇다 할 아무런 설명도 하지 않았다. 게다가 바람이 세차게 불어 그들의 옷을 휘날렸고, 특히 앙투안의 우산에 불어닥쳐 도저히 이야기를 나눌 수가 없었다.

그러나 바람이 가장 세찰 때, 그들이 리폰 광장, 바람이란 바람은 다 몰려와서 소용돌이치는 넓은 광장에 도달했을 때, 자크는 불어닥치는 비바람도 아랑곳없이 갑자기 발걸음을 늦추면서 물었다.

"조금 전에 식사를 하면서 형은 왜… 영국이라고 물었지?"

앙투안은 순간 무엇인가 도전적인 저의를 느낄 수 있었다. 난처해진 그는 얼버무렸다. 그것도 바람 소리에 흘러갔다.

"뭐라고?" 알아듣지 못한 자크가 되물었다. 그는 곁으로 다가오면서 바람을 막으려는 듯이 어깨를 앞으로 내밀고 몸을 젖히면서 걸었다. 형을 응시하고 있는 그의 시선에는 강한 집념이 엿보였다. 궁지에 몰린 앙투안은 거짓말을 할 수 없었다.

"음, 한데… 왜냐하면… 붉은 장미 때문에!" 그는 솔직히 말했다.

그런 말투에는 자신도 모르게 신랄함이 담겨 있었다. 마음속에는 쥐세페와 아네타의 불륜의 정욕, 풀 속에 엎어져 있던 일, 예사로 생각하면서도 끊임없이 그를 괴롭혔던 일련의 환상이 다시금 뚜렷하게 떠올랐다. 그는 불쾌해져 안절부절못하면서, 한편으로는 이렇게 쏟아지는 비를 원망하면서 욕설 비슷한 말을 중얼거렸다. 그러고는 화가 난 듯 우산을 접어버렸다.

자크는 잠시 그 자리에 멍청히 서 있었다. 물론 이런 대답이 나오리라고는 꿈에도 생각하지 못했던 것이다. 그는 입술을 깨물고는 말 한마디 없이 몇 발자국 걸어갔다. (그동안 얼마나 수없이 자기도 모르게 마음이 약해졌던 그 순간을 한탄했고, 멀리 있는 친구를 통해 장미꽃 바구니를 사 보낸 것을 후회했는지 모른다. 그것은 가족 모두가 자기를 죽은 것으로 여기고 있는 때 '나는 살아 있다. 그리고 너를 생각하고 있다'라는 것을 알리는 위험한 신호가 아니었겠는가! 그러나 적어도 오늘까지 그는 그런 부주의한 행위를 아무도 모르리라고 생각하고 있었다. 그에게는 뜻밖이며, 도저히 이해할 수 없는 지젤의 경솔한 행동이 그를 화나게 만들었다.) 그는 이제 그 쓰라림을 참을 수 없었다.

"천직을 잘못 골랐나봐." 그가 비웃으면서 말했다. "형은 형사로 태어날 걸 그랬어!"

앙투안은 그 말투에 불끈 화가 나서 곧 말을 되받았다.

"그렇게 사생활을 감추고 싶다면 잡지에다가 공공연하게 과시하지 말아야지!"

아픈 데를 찔린 자크는 정면으로 대들며 큰소리를 쳤다.

"그래? 내 작품을 읽고 꽃을 보낸 것을 알았단 말이야?"

앙투안은 이제 더 이상 참을 수가 없었다.

"그래" 그는 태연한 척하면서 비꼬는 투로 한마디 한마디를 또렷하게 끊으며 말했다. "어쨌든 그 작품 때문에 꽃을 보낸 뜻을 완전히 알 수 있었어!" 이렇게 신랄하게 쏘아붙인 뒤에 그는 바람을 안고 가면서 발걸음을 재촉했다.

그러나 문득 돌이킬 수 없는 실수를 저질렀다는 생각이 분명해지자 그는 숨이 막힐 지경이었다. 몇 마디 말을 더 함으로써 모든 것을 망쳐버린 것이다. 자크는 결국 자신에게서 빠져나가겠지…. 왜 갑자기 갈피를 못 잡고 그렇게 화를 벌컥 냈을까? 지젤 이야기 때문이었을까? 이제 어떻게 해야 할까? 변명을 할까, 아니면 사과를 할까? 너무 늦은 게 아닐까? 아, 지금 어떤 보상이라도 감수하고 싶은 느낌이다!…

그는 동생 쪽을 돌아보며 될 수 있는 대로 부드러운 태도로 자기가 잘못한 것을 사과하려고 했다. 그런데 갑자기 자크가 자기 팔을 붙잡고 온 힘을 다해 자기에게 매달리는 것을 느꼈다. 전혀 예기치 않았던 열렬한 포옹. 흥분한 형제의 이 포옹.

그것은 신랄한 말을 주고받았던 감정을 일시에 해소시켰을 뿐만 아니라, 삼 년 동안의 침묵을 깨뜨려버리는 것이었다. 떨리는 입술로 더듬더듬 말하는 소리가 귓전에 들려왔다.

"형, 뭐라고? 형은 어떻게 그런 것을 생각할 수 있었어? 지젤과… 내가 말이야? …그럴 수 있다고 생각하는 모양이지? …형은 정신 나갔어!"

형제는 서로 응시했다. 자크의 시선은 고통스러운 듯했다. 그러나 그 시선은 맑고 신선했다. 모욕을 당해 창피해하는 그의 얼굴 표정에는 분하게 여기고 괴로워하는 빛이 엇갈려 있었다. 그것은 앙투안의 입장에서 보면 고마운 빛줄기였다. 그는 희색이 만면해져서 동생의 팔을 꼭 껴안았다. 자기는 정말 그들 두 젊은이 사이를 의심했었나? 지금 와서는 뭐가 뭔지 알 수 없었다. 그는 격렬한 감격과 함께 지젤을 생각했다. 지금의 기분은 경쾌하고, 훨훨 날 듯하며, 갑자기 이상하리만큼 행복했다. 그는 마침내 동생을 되찾은 것이었다.

자크는 침묵을 지켰다. 그의 눈앞에는 오직 괴로운 추억만이 계속 떠올랐다. 지젤의 사랑을 알게 된 동시에, 그녀가 불붙여준 육체적이고 격렬한 매력을 발견한 메종 라피트에서의 밤. 어둠 속, 보리수 그늘에서 주고받은 짧은 키스. 어설픈 사랑의 맹세를 주고받은 뒤에 지젤이 장미꽃 잎을 날리던 그때의 로맨틱한 몸짓….

앙투안은 역시 침묵을 지키고 있었다. 그는 침묵을 깨고 싶었다. 그러나 그는 어색해하며 아무 말 없이 있었다. 동생의 팔을 잡아당기며 이런 말이라도 해주고 싶었다. '그래, 나는 네 말대로 정신 나갔어. 하지만 나는 참 행복해!' 동생도 형의 팔을 힘차게 눌렀다. 둘은 지금 말로 표현하는 것 이상으로 모든 것을 서로 이해하고 있었다.

형제는 서로 몸을 기댄 채, 너무나 다정하고 지속되는 접촉에 어쩔 줄 모르며 빗속을 걸었다. 그러나 그 어느 누구도 먼저 몸을 떼려고 하지 않았다. 마침 바람막이가 되는 돌담을 따라 걷게 되자, 앙투안이 우산을 폈다. 그들은 그저 비를 피하기 위해 서로 꼭 붙어 가는 것같이 보였다.

그들은 말 한마디 나누지 않고 하숙집까지 왔다. 그러나 앙투안은 문 앞에서 멈추더니 끼고 있던 팔을 풀고 자연스럽게 말했다.

"그런데 오늘 밤까지 여러 가지 할 일이 있겠지? 나중에 다시 보는 것이 어때? 나는 거리 구경이나 하고 올 테니까…."

"이런 날씨에?" 하고 자크가 말했다. 그는 미소를 짓고 있었다. 그러나 앙투안은 잠깐 망설이는 기미를 눈치챘다. (실은 오후 내내 머리를 맞대고 있을 것을 두 사람 모두가 두려워했던 것이다.) "아니야" 하며 그가 말을 이었다. "두세 통 편지 쓸 일이 있어. 이십 분 정도면 돼. 그리고 다섯시 전에 한 가지 볼일이 있고." 이런 예정 때문에 그의 얼굴에는 뭔가 침울한 기색이 떠오르는 것 같았다. 그렇지만 그는 몸을 바로 세우면서 말했다. "그때까지는 시간이 있어. 올라가지."

둘이 나간 사이에 방은 깨끗이 치워져 있었다. 난로에는 다시 집어넣은 장작이 지지직거리며 타고 있었다. 두 형제는 새로운 동료 의식을 가지고 서로 도우며 난로 앞에서 비에 젖은 외투를 펼쳤다.

창 하나가 열려 있었다. 앙투안은 창가로 갔다. 호수를 향해 있는 오밀조밀한 지붕 사이로 작은 종루로 장식된 큰 탑이 우뚝 솟아 있었다. 녹청색의 그 첨탑은 빗속에서 반짝이고 있었다. 그는 그것을 손가락으로 가리켰다.

"생프랑수아 교회야" 자크가 말했다. "큰 시계가 보여?"

종탑 한쪽 면에는 붉은색의 금칠을 한 글자판이 보였다.

"두시 십오분이구나."

"형은 좋겠어. 나는 시력이 많이 떨어졌어. 아무래도 안경이 눈에 맞지 않는 모양이야. 두통이 자주 일어나는 걸 보니까."

"두통?" 앙투안은 문을 닫으며 물었다. 그리고 뒤돌아보았다. 물어보는 형의 얼굴을 보고 자크는 미소를 지었다.

"네, 의사 선생님. 심한 두통이야. 그런데 완전히 깨끗해지지 않아."

"어떻게 아픈 두통이지?"

"여기가 아파."

"언제나 왼쪽이니?"

"그렇지는 않아…."

"현기증은? 시각 장애는 없고?"

"괜찮아." 자크가 말했다. 그에게는 이런 대화가 귀찮아지기 시작했다. "지금은 많이 좋아지고 있어."

"그럴 수가!" 하고 앙투안은 정색을 하며 말했다. "그건 정말 진찰을 받아야 돼. 소화 작용을 좀 조사해야겠는데…."

물론 곧 진찰하는 것이 아니었지만 그는 기계적으로 한 발 자크 쪽으로 걸어갔다. 그러자 자크는 저도 모르게 뒷걸음질 쳤다. 그는 사람들이 자기에게 관심을 가져주는 습관을 잊어버린 지 오래였다. 최소한의 관심 표명도 그에게는 자신의 독립을 침해하는 것같이 생각되었다. 그러나 그는 즉시 이성적으로 생각해보았다. 뒤늦게나마 형의 그러한 염려가 그에게는 흐뭇한 느낌을 가져다주었다. 마치 마음속 깊은 곳에 미풍이 불어와 오랫동안 마비되어 있던 마음을 풀어주는 듯했다.

"전에도 그런 일이 있었는지 모르겠구나." 앙투안은 계속 물었다. "왜 그렇게 되었어?"

자크는 조금 전에 뒤로 물러서려고 했던 것을 후회하면서, 응답하고 해명하고 싶었다. 그러나 진실을 말할 수 있을까?

"병을 좀 앓은 뒤부터야…. 무슨 충격… 아니면 급성 유행성 감기 같은 것… 또는 말라리아였는지도 몰라…. 거의 한 달 동안이나 병원에 입원했었어."

"병원이라고? 어느 병원?"

"저… 가베스라는 곳이야."

"가베스? 튀니지에서 말이야?"

"응, 열이 심했었나 봐. 그 뒤 여러 달 동안 두통이 심했어."

앙투안은 아무 말도 하지 않았다. 그러나 마음속으로 이렇게 생각하고 있는 것이 분명했다. '파리에는 편안한 가정이 있고 형은 의사인데, 아프리카에 있는 한 병원에서 죽을 뻔하다니….'

"내가 죽지 않은 것은…" 화제를 돌리려고 자크가 말했다. "그것은 두려움 때문이었어. 찌는 듯이 더운 곳에서 죽는다는 게 무서웠어. 마치 난파된 인간이 뗏목 위에서 육지나 우물물을 생각하는 것처럼 나는 이탈리아를 생각했어…. 내 머릿속에는 오직 한 가지 생각밖에 없었어. 죽든 살든 배를 타고 나폴리에 간다는 그 생각뿐이었지."

나폴리…. 앙투안은 루나도로, 시빌, 바닷가에서의 쥐세페의 산책을 생각했다. 그는 용기를 내어 물어보았다.

"왜 나폴리였지?"

순간 자크는 얼굴을 붉혔다. 그는 무엇인가를 설명하려고 하면서 자기 자신과 싸우고 있는 것 같았다. 그러더니 그의 푸른 눈동자는 꼼짝도 하지 않았다.

앙투안은 빨리 침묵을 깨고 싶었다.

"네게 필요한 것은 휴식인 것 같다. 그것도 기후가 좋은 곳에서."

"우선은" 하고 자크가 말했다—그가 형의 말을 듣고 있지 않다는 것이 역력했다—"나폴리 영사관에 있는 사람한테 보내는 소개장이 있었어. 외국에 있으면 연기 신청도 훨씬 쉽거든. 같은 값이면 법률에 따르는 것이 좋을 것 같아서." 그는 어깨를 으쓱했다. "더구나 프랑스에 돌아가 군대에 들어가기보다는 탈영병으로 끌려가는 편을 택했을 거야!"

앙투안은 꼼짝도 하지 않았다. 그는 화제를 바꾸었다.

"그런데 그렇게 여행할 때 너… 돈은 가지고 있었니?"

"무슨 소리야! 형이 하는 말은 언제나 이렇단 말이야!" 그는 두 손을 호주머니에 넣은 채 왔다 갔다 하기 시작했다. "빈털터리가 되어본 적은 별로 없었어. 꼭 필요한 돈은 있었으니까. 그곳에서 처음에는 물론 어떤 일이라도 하지 않으면 안 되었었지…." 그는 다시 얼굴을 붉혔다. 그러면서 시선을 피했다. "오, 며칠 동안은… 그럭저럭 일을 꾸려나갈 수 있어."

"아니 뭐라고? 어떻게?"

"그래… 말하자면… 어떤 견습공 양성소에서 프랑스어를 가르친다든가… 밤에는 『튀니지 일보』나 『파리-튀니지』에서 교정을 본다든가…. 프랑스어처럼 이탈리아어도 잘 쓸 수 있다는 것이 가끔 쓸모가 있었어…. 그러다가 기사도 쓰게 되었고, 어떤 주간지에서는 신문 기사 한 면을 나에게 할당해주었어. 그리고 소식란이라든가, 다른 일도…. 그리고 그것을 하고 나서는 곧 보도 기사까지 썼지!" 그의 눈은 빛났다. "아, 건강만 좋았더라면 아직도 하고 있었을 텐데! …얼마나 멋진 생활이었는지! …지금도 기억하고 있어. 비테르보에서…(형은 앉아. 나는 오히려 움직이는 게 더 좋으니까.) …아무도 갈 사람이 없어서 비테르보에 내가 가기로 되었었어. 그 기이했던 라 카모라* 사건 재판 때문에 말이야. 1911년 3월이었어…. 얼마나 큰 일거리였는지 몰라! 나는 나폴리 클럽에 묵었었어. 글자 그대로 굉장한 취재 경쟁이었지. 그러나 13일부터 14일 밤에 걸쳐 모두들 돌아가버렸어. 경찰이 왔을 때 나는 자고 있었지. 나 혼자만 있고 아무도 없었어. 할 수 없이…" 그는 앙투안이 주의 깊게 듣고 있는데도 불구하고 중간에서 이야기를 그만두었다. 아마 앙투안이 주의 깊게 듣고 있기 때문에 이야기를 중단했는지도 모른다. 몇 달 동안이나 계속되었던 현기증 날 정도의 그 생활을 어떻게 몇 마디의 말로 알아주기를 바랄 수 있단 말인가! 재촉하는 듯한 형의 눈길에도 불구하고 그는 외면해버렸다. "모두 옛날 일이야! 이제 그만두지… 더 이상 그 이야기는 생각 않기로 했어."

* 이탈리아 범죄 조직.

그는 끊임없이 마음을 사로잡는 이 추억으로부터 벗어나기 위해 억지로라도 다시 침착하게 말을 계속해야만 했다.

"형은 말했지…. 두통이냐고? 그래, 나는 이탈리아의 봄을 참고 견딜 수 없었어. 내가 할 수 있고 몸이 자유로워지자 곧," 그는 이렇게 말하면서 눈살을 찌푸렸다. 아마 또다시 불쾌한 추억에 부딪혔던 모양이다. "그런 모든 것에서 도망갈 수 있게 되자마자" 그는 심하게 팔을 휘두르면서 말했다. "북쪽으로 떠난 거야."

두 손을 주머니에 넣은 채 멈추어 서서 난로를 내려다보면서 말했다.

앙투안은 물었다.

"이탈리아 북쪽 말이니?"

"아니!" 자크는 몸을 떨면서 부르짖었다. "빈과 페슈트… 그리고 작센, 드레스덴, 그리고 또 뮌헨." 그의 얼굴이 별안간 다시 어두워졌다. 이번에는 형 쪽에 날카로운 시선을 보내더니 정말 망설이고 있는 것 같았다. 그의 입술이 약간 떨렸다. 그러나 겨우 몇 초도 지나지 않아 입을 비틀면서 중얼거리듯 무엇인가 말했다. 그러나 입을 꼭 다물고 한 말이기 때문에 마지막 말만 겨우 알아들을 수 있었다.

"아, 뮌헨… 뮌헨도 끔찍한 도시야."

앙투안은 그때 급히 말을 막았다.

"어쨌든 만사 제쳐놓고라도 너는… 원인을 찾아봐야 해…. 두통은 병이 아니라, 어떤 증상이거든…."

자크는 그의 말을 듣고 있지 않았다. 그래서 앙투안은 입을 다물었다. 이런 일은 지금까지 여러 번 있었다. 확실히 자크는 견딜 수 없을 만큼 고통스러운 비밀을 자신에게서 쫓아버리고 싶어 하는 것 같았다. 입술을 움직이는 것이 조금 있으면 털어놓을 것 같기도 했다. 그러면서 마치 말이 나오다 목에 걸리는 것같이 돌연 입을 다물곤 했다. 그때마다 앙투안은 터무니없는 걱정에 정신이 팔려 그 장애물을 극복하도록 동생을 돕기는커녕, 자기편에서 오히려 불끈해서 앞뒤 생각 없이 이야기를 아무렇게나 끌고 가는 것이었다.

그는 어떻게 하면 자크를 정상적인 길로 다시 올려놓을 수 있을까 궁리하고 있었다. 그때 마침 가벼운 발소리가 층계에서 들려왔다. 누군가 문을 두드렸다. 거의 동시에 문이 반쯤 열렸다. 앙투안은 머리가 헝클어진 아이의 얼굴을 보았다.

"아, 실례했습니다. 말씀 중이십니까?"

"들어오게." 자크가 방을 가로질러 가며 말했다.

그는 아이가 아니었다. 면도를 하고 우윳빛 동안의 부스스한 밤색 머리를 풀어 헤친, 나이를 확실히 알 수 없는 작은 남자였다. 그는 문지방에서 망설이며 앙투안 쪽으로 불안한 눈길을 보냈다. 눈가에는 속눈썹이 많이 나서 눈동자가 움직이는 것이 보이지 않았다.

"난로 곁으로 오게." 자크는 빗물이 떨어지는 외투를 벗겨주면서 말했다.

그는 이번에도 형을 소개시켜 주지 않으려는 것 같았다. 그리고 거리낌 없이 미소를 짓고 있었으며, 앙투안이 있어도 조금도 거북해하는 것 같지 않았다.

"미퇴르크가 도착한 것을 알리러 왔는데요. 그가 편지를 가지고 왔어요." 하고 남자가 설명했다. 가늘고 빠른 목소리로, 매우 낮고 무엇인가를 두려워하는 어조였다.

"편지?"

"블라디미르 크니아브롭스키한테서요!"

"크니아브롭스키한테서?" 하고 자크가 소리 질렀다. 그의 안색이 밝아졌다. "앉아, 몹시 피곤해 보이는데. 맥주나 차, 무엇으로 할 텐가?"

"아니, 그만두세요. 아무것도 생각 없어요. 미퇴르크는 어젯밤에 도착했어요. 거기에서 왔습니다…. 그런데 저는 어떻게 하면 좋을까요? 해볼까요?"

자크는 오랫동안 생각하다가 대답했다.

"그러지, 지금으로서는 그 방법밖에는 없어."

상대 남자는 흥분했다.

"잘되었어요! 그럴 줄 알았어요! 이냐스 그놈한테는 실망했어요. 그리고 슈나봉한테도. 그러나 당신만은, 당신만은! 좋아요!" 그는 줄곧 자크 쪽을 보고 있었다. 그의 작은 얼굴은 신뢰의 빛으로 빛나고 있었다.

"하지만!…" 하고 자크는 손가락 하나를 들어 보이면서 단호하게 말했다.

얼굴이 하얀 그 남자는 잘 알겠다는 듯이 끄덕거렸다.

"적당히, 부드럽게 하겠어요." 그는 신중하게 말했다. 가냘픈 몸집이지만 강철같이 끈덕진 면이 엿보였다.

자크는 남자를 유심히 지켜보고 있었다.

"반네드, 자네 그동안 어디 아팠던 것 아니야?"

"아니요…. 좀 피곤했을 뿐입니다." 심술궂은 미소를 띠면서 그가 말을 이었다. "아시겠지만, 아무래도 그런 혹심한 병영 생활은 참을 수가 없어요!"

"프르젤은 아직 여기 있나?"

"네."

"그리고 기에프는? 내가 말하더라고 전하고 말이 좀 많다고 일러두게. 안 그래? 그러면 알아들을 거야."

"아, 기에프라면 저도 그자에게 이렇게 솔직하게 말해두었습니다. '자네, 마치 야비한 사람들 틈에 낀 것처럼 행동하는군!' 그자는 로자가르의 선언을 읽지도 않고 찢어버렸습니다! 그놈들은 모두 썩었다니까요. 모두가 썩었어요." 무겁고 성난 목소리로 그가 되풀이했다. 그러나 맑고 너그러움을 나타내는 미소가 소녀 같은 입술을 빛나게 했다.

그는 날카롭고 가냘픈 어조로 다시 말했다.

"사프리오! 투르세이! 패터슨! 모두들! 수잔까지도 썩었어요!"

자크는 고개를 흔들었다.

"조제파도 그럴지 모르지. 그러나 수잔은 그렇지 않아. 조제파는 확실히 형편없는 여자야. 그 여자는 동지들 사이를 모두 이간질하고 있단 말이야."

반네드는 아무 말 없이 그를 지켜보고 있었다. 그는 인형 같은 두 손을 작은 무릎에 올려놓고서 움직이고 있었다. 그래서 믿을 수 없을 정도로 가냘프고 파리한 손목이 드러나 보였다.

"저도 잘 알고 있어요, 하지만 어떻게 하겠어요? 이제 와서 그녀를 더러운 곳에 던져버릴 수 있나요? 당신이라도 그렇게 할 수 있을까요? 그것이 이유가 될 수 있나요? 어쨌든 그녀도 인간인데. 그리고 마음씨가 나쁜 것은 아니지요…. 어쩌다가 우리한테 들켰을 뿐인데. 그래서? …부드럽게 손 좀 봐주지요. 부드럽게….” 그는 한숨지었다. “지금까지 그런 여자들을 얼마나 보아왔는지! …속속들이 썩어 있답니다.”

그는 다시 한숨지으며 슬쩍 앙투안 쪽을 쳐다본 다음 일어났다. 그리고 자크에게로 가까이 가서 갑자기 흥분하여 이렇게 말했다.

“블라디미르 크니아브롭스키 편지는 참 멋있는 편지예요….”

“그런데” 자크가 물었다. “그는 어떻게 하겠다는 거야?”

“쉬는 거지요, 뭐. 그는 아내, 어머니, 애들도 만났습니다. 다시 한번 살아보겠다는 것입니다.”

반네드는 난로 앞을 걷기 시작했다. 가끔 신경질적으로 두 손을 마주 잡았다. 그리고 자기 자신에게 말하는 듯 깊은 생각에 잠겨 있는 표정으로 말했다.

“크니아브롭스키는 참 마음씨가 고운 남자랍니다.”

“그래, 참 마음이 깨끗한 남자지.” 자크가 즉시 같은 말투로 되받았다.

침묵을 지키더니 그는 말을 계속했다.

“책은 언제쯤 낼 생각이래?”

“아무 말 없습니다.”

“루스키노프 말로는 기막힌 책이라고 하던데.”

“그럴 수밖에 없지 않겠어요? 감옥에서 쓴 책이니까요!” 그는 몇 발자국 앞으로 나왔다. “오늘은 편지를 가지고 오지 않았습니다. 클럽에 가져가라고 올가에게 주었거든요. 오늘 밤에 다시 받기로 했습니다.” 그는 자크를 쳐다보지도 않고, 얼굴을 높이 든 채 마치 도깨비불이 흔들리듯 왔다 갔다 했다. 마치 천사에게 미소를 짓고 있는 듯한 표정이었다. "블라디미르는 그러더군요. 감옥에 들어갔을 때만큼 참다운 자기 자신이 되어본 적이 없다고요. 자기의 고독만이 유일한 반려자였으니까요." 목소리는 점점 음악적으로 되어갔지만 동시에 점점 더 희미해졌다. "그의 감옥은 깨끗하고 퍽 밝으며 건물 제일 위에 있었다더군요. 그리고 침대 위에 올라가서 쇠창살이 달려 있는 유리창 아래쪽에 이마를 대보곤 했대요. 또 이러더군요, 거기에 올라가 하늘에서 맴돌고 있는 눈송이를 쳐다보며 몇 시간이고 사색에 잠겨 있곤 했대요. 다른 것은 아무것도 보이지 않더래요. 지붕도, 나뭇가지도, 그 어느 것도. 그리고 봄부터 여름까지 늦은 오후 한 시간 정도만 약간의 햇살이 얼굴에 닿곤 했답니다. 그때가 오기를 하루 종일 애타게 기다렸다는군요. 편지를 읽어보시면 알 겁니다. 한번은 멀리서 갓난애 울음소리가 들렸다고 합니다…. 또 어떤 때는 대포 소리도 들렸고…." 반네드는 귀를 기울이며, 신기한 눈초리로 보고 있는 앙투안을 흘끗 쳐다보았다. "아무튼 내일 편지를 모두 가지고 올게요." 하고 그는 다시 와서 앉으며 말했다.

"내일은 안 돼." 자크가 말했다. "나는 내일 없어."

반네드는 조금도 놀란 기색이 없었다. 그러나 다시 앙투안 쪽으로 고개를 돌렸다가 잠시 뒤에 다시 의자에서 일어났다.

"실례했습니다. 방해가 되지나 않았는지요. 블라디미르의 소식을 빨리 들려드리고 싶어서요."

자크도 같이 서 있었다.

"자네는 요새 너무 일하는 것 같아, 반네드. 몸을 돌봐야지."

"별말씀을."

"여전히 숌베르그-리트 상회에서 일하고 있나?"

"네, 그대로예요." 그는 심술궂게 웃었다. "저는 타자를 치지요. 아침부터 저녁까지 '네, 사장님' 하면서 타자를 칩니다. 일고의 가치도 없는 일 아닐까요? 저녁때가 되어서야 나 자신을 되찾는답니다. 밤새도록, 그리고 다음 날 아침까지, '아니요, 사장님' 하더라도 뭐라고 할 사람이 아무도 없어요." 반네드는 작은 머리를 높이 쳐들고 있었다. 헝클어진 대마 같은 앞머리는 그가 더욱 거만한 태도를 취하는 것처럼 보이게 했다. 이번에는 마치 앙투안에게 말하려는 것처럼 그가 몸을 움직였다.

"형님들, 십 년 동안 저는 이런 이념 때문에 끼니를 굶는 것이 다반사였습니다. 그래서 이 이념에 집착하는가 봐요."

그는 자크 곁에 와서 손을 내밀었다. 그런데 맑던 목소리가 갑자기 흐려졌다.

"떠나시는 모양이지요?… 할 수 없지요. 저는 여기에 오는 것을 정말 즐겁게 기다려왔는데, 알고 계세요?"

자크는 감격해서 아무런 대답도 하지 못했다. 그러나 그는 다정한 몸짓으로 그 사람 팔 위에 손을 얹었다. 앙투안은 상처 자국이 있던 남자를 생각했다. 그때도 이미 자크는 지금과 똑같이 우정 어리고 격려하는, 보호자적인 태도를 취했다. 그는 이 이상한 집단 속에서 확실히 일종의 특별한 위치를 차지하고 있는 것 같았다. 모든 사람이 그의 의견을 묻고, 그의 동의를 구하며, 그에게서 비난받는 것을 두려워했다. 더구나 더 확실한 것은 모든 사람들이 그에게 와서 자신들의 마음을 달래려 했던 것이다.

'티보의 혈통이구나!…' 하고 그는 만족스럽게 생각했다. 그러나 곧 한 가닥의 슬픈 생각이 엄습해왔다. '자크는 파리에 있으려고 하지 않을 거야' 하고 그는 생각했다. '분명히 스위스에서 살려고 다시 올 거야.' 소용없는 일이지만 앙투안은 애써 이렇게 생각해보았다. '앞으로는 서로 편지로 연락하고 또 만나러도 와야지. 그렇게 하면 지난 삼 년 같지는 않을 거야….' 그는 가슴이 에이는 듯한 아픔을 느꼈다. '그런데 이런 패거리들 속에서 그의 일이나 생활은 어떤 것일까? 제힘을 어디에 쓰려고 하는 걸까? 그를 위해 내가 꿈꾸던 그 멋진 미래가 과연 이런 것일까?'

자크는 친구의 팔을 잡고 종종걸음으로 문까지 바래다주었다. 문에 이르자 반네드는 뒤로 돌아서서 고개를 한번 슬쩍 숙이며 앙투안에게 인사했다. 그리고 계단 아래로 모습을 감추었다. 자크도 뒤따라 나갔다.

앙투안의 귀에는 다시 휘파람 소리 같은 작은 목소리가 들려왔다.

"…구석구석 썩었어. …그들 곁에는 맨 아첨꾼이나 자빠져 있는 개 같은 놈들뿐이니…."

10

자크는 다시 들어왔다. 그는 외투를 입고 자전거를 타고 온 남자를 만났을 때와 똑같이 이 남자의 방문에 관해 아무런 설명도 하지 않았다. 그는 컵에 물을 따라 조금씩 마셨다.

앙투안은 침착하게 담배에 불을 붙인 다음, 일어나 성냥개비를 난로에 버리고는 창가로 가 슬쩍 밖을 보았다. 그리고 다시 의자에 와 앉았다.

벌써 몇 분 전부터 침묵이 계속되고 있었다. 자크는 다시 방 안을 걷기 시작했다.

"할 수 없었어." 그는 여전히 왔다 갔다 하면서 불쑥 말했다. "형, 형이 나를 이해해주어야지! 내가 어떻게 학교에다가 삼 년이라는 세월을, 인생 중 삼 년씩이나 바칠 수 있었겠어?"

앙투안은 놀라기는 했지만 주의 깊은 태도를 취하고 미리 협조적인 태도를 보였다.

"고등사범학교도 결국 중학교가 탈만 바꿔 연장되는 것에 불과한 거야!…" 하며 자크는 말을 계속했다. "강의라든가 학습이라든가 그 끝없는 해석 따위! 무엇이든지 존중하라니! … 그리고 그 혼잡! 그 자습실, 그곳에 웅크리고 앉아 어중이떠중이들이 대충 추려서 뭉개놓은, 틀에 박힌 그 모든 사상! 수험 준비생! 그것들의 말투를 좀 보라지! 못 견디겠어! 그놈들의 엉터리, 사감 새끼들! 지긋지긋하고 정말 못 참겠어!"

"형, 나를 이해해줘…. 나는 물론 선생님들을 존경하고 있어…. 교수라는 직업, 그것은 신념이 충만할 때만 옳게 행해질 수 있는 거야. 위엄이라든가 정신력을 보아서도, 또 보수가 나쁜데도 성실한 것을 보면 정말 감동될 때가 많아. 그렇고말고, 하지만…"

"형은 나를 이해할 수 없어" 하고 그는 잠시 뒤에 또 중얼거렸다. "답답한 단체 생활이나 지긋지긋한 학교 조직에서 벗어나기 위해서만은 아니야. 그건 아니야…. 하지만 형, 나는 그 형편없는 생활이 싫었던 거야!" 그는 잠시 말을 중단했다가 되풀이했다. "형편없는!" 하면서 집요한 눈으로 마룻바닥을 노려보았다.

"네가 자리쿠르를 만나러 갔을 때는" 하고 앙투안이 물어보았다. "이미 단단히 결심을 한 뒤였겠구나…."

"천만에!" 그는 꼼짝도 않고 서서, 눈썹을 치켜올리고는 아래를 보며, 열심히 과거를 생각해보려고 애썼다. "아, 그해 시월이었지! 내가 메종 라피트에서 돌아왔을 때야…. 정말 형편없는 상태였어!" 그는 무슨 큰 짐을 진 사람처럼 어깨를 둥글게 하며 중얼거렸다. "어쩔 수 없는 일이 너무 많았어…."

"그래, 시월이었어" 하고 앙투안은 라셀을 생각하며 말했다.

"입학 전날 밤에 학교에 간다는 위압감이 가중되는 속에서, 나는 말할 수 없이 두려워졌었어…. 그런데 참 이상하단 말이야! 지금 와서는 확실히 알겠는데, 내가 자리쿠르를 찾아갈 때까지는 무섭다는 생각만 가졌었어. 그 이상의 것은 없었어. 물론 그런 일로 피곤해져서 학교를 그만두겠다든가 아니면 멀리 가버리자는 생각은 가끔 했었지…. 그랬어…. 그러나 그것은 실현될 수 없는 막연한 꿈에 지나지 않았어. 그런데 모든 것이 결정된 것은 그날 밤에 자리쿠르를 찾아간 뒤였어. 놀랐어?" 하면서 그는 마침내 고개를 들었다. 그리고 어처구니없어하는 형의 얼굴을 한번 보았다. "참, 그날 밤에 내가 집에 돌아와서 쓴 것이 있어. 그것을 보여줄게. 얼마 전에 찾아낸 거야."

그는 침울한 얼굴로 또 걷기 시작했다. 오랜 세월이 흘렀음에도 불구하고, 그날 방문의 추억으로 인해 마음의 혼란을 느낀 것 같았다.

"그때 일을 생각하면…" 하고 그는 머리를 흔들며 말했다.

"그런데 형, 형은 그와 어떤 관계를 맺었어? 서로 편지 왕래가 있었어? 그를 만나러 갔었겠지? 받은 인상은?"

앙투안은 애매한 몸짓을 할 뿐이었다.

"알았어" 하며 자크는 형이 탐탁지 않아 한다는 것을 눈치채고 말을 계속했다. "형은 우리 세대가 그를 어떻게 보고 있었는지 모를 거야!" 그리고 태도를 바꾸어 앙투안 앞의 난로 곁에 있는 안락의자에 와서 앉았다. "자리쿠르!" 하고 그는 갑자기 미소를 띠며 말했다. 그의 목소리는 부드러워졌다. 그는 난로 쪽으로 두 다리를 쭉 뻗었다. "형, 우리들은 여러 해 전부터 '자리쿠르 선생한테서 배우는 날이 언제나 올까…'라고 말하곤 했어. 심지어 '그의 제자'까지도 생각하곤 했어. 고등사범학교에 가기가 망설여질 때마다 나는 언제나 '그래도 자리쿠르 선생이 계시다'라고 마음속으로 생각하곤 했지. 그래도 인물이 있다면 그 선생밖에 없었거든, 알겠어? 우리는 그분의 시를 암기하고 있었지. 또 그분의 모습을 입에서 입으로 전하고, 그분의 말을 인용도 했어. 그분의 동료들은 모두 그분을 질시한다는 소문도 있었어. 대범한 시각으로 가득 찬 서정적 즉흥 연설과 여담, 느닷없는 심경의 토로, 노골적인 억사 등으로 가득 찬 강의뿐만 아니라 재담, 노신사다운 능변, 외눈 안경, 사람의 마음을 사로잡는 펠트 모자까지 대학이 인정하도록 할 줄 알았어! 열렬하고 공상적이며, 기상천외한 인물, 그러면서도 풍부하고 도량이 넓은 인물, 위대한 현대의 양심, 우리들이 보기에는 모든 급소를 알아맞힐 줄 아는 인물! 나는 그한테 편지를 냈어. 그리고 그한테서 다섯 통의 답장도 받았어. 내 자랑거리인 동시에 나한테는 일종의 보물과도 같았어. 그 다섯 통 가운데 세 통, 아니네 통은 지금 생각해도 정말 감탄할 만한 것이었어."

"그래, 어느 봄날 아침 열한시쯤에 우리는 길에서 그를 만났어…. 어떤 친구와 내가. 어떻게 그 일을 잊을 수가 있겠어? 그는 유연한 걸음걸이로 성큼성큼 수플로가街를 올라오고 있었어. 지금도 기억하고 있지. 바람에 날리는 모닝코트, 밝은색의 각반脚絆, 거기에 차양이 넓은 모자 밑으로 보이는 백발. 곧은 몸매, 약간 올려 쓰고 있는 외안경, 뱃머리처럼 생긴 매부리코, 흰 콧수염… 마치 뾰족한 주둥이로 덤벼들 것 같은 솔개의 모습이었어. 마치 한 마리의 무서운 짐승, 거기에 옛날 귀족 같은 느낌이었지. 잊으려야 잊을 수 없어!"

"알 만해" 하고 앙투안이 큰 소리로 말했다.

"우리는 문 앞까지 뒤를 밟았어. 마치 마술에 걸린 것처럼 말이야. 우리는 사방의 가게를 뒤져서 그의 사진을 찾아냈어!" 자크는 갑자기 발을 오므렸다. "아, 생각만 해도 끔찍해!" 몸을 숙이고 난로 쪽으로 손을 뻗으면서, 감회가 깊은 듯 이렇게 덧붙였다. "하지만 내가 집을 나오는 용기를 가지게 된 것은 실은 그의 덕이라고 할 수 있어!"

"그러나 당사자인 그분은 전혀 눈치채지 못하고 있는 것 같던데." 앙투안이 말했다.

자크는 형의 말을 듣고 있지 않았다. 난로 쪽을 향한 채 넋이 나간 듯한 미소를 지으며 멍한 목소리로 말했다.

"말해줄까? …일이 이렇게 되었어. 어느 날 밤에 저녁밥을 먹은 뒤에 나는 갑자기 그를 만나러 가야겠다고 결심했어. 그분한테 가서 설명하고 싶었어…. 모든 것을 다! 그래서 나는 망설이지도, 깊이 생각해보지도 않고 간 거야…. 밤 아홉시에 나는 팡테옹 광장에 있는 그 집의 초인종을 눌렀어. 형도 알고 있지? 어두운 현관, 눈치가 없는 브르타뉴 출신의 식모, 식당, 여자 한 명이 자리를 피하고. 식탁은 치워져 있었지만 거기에는 바느질 그릇, 기우다 만 내의들이 흐트러져 있었지. 음식 냄새, 파이프 냄새, 후텁지근한 공기, 문이 열리더니 자리쿠르 씨가 나타났어. 수플로가街에서의 그 늙은 솔개의 모습은 찾아보려고 해도 찾아볼 수가 없었어. 편지를 보낸 당사자이고, 시인이며, 그 위대한 양심가로 알고 있던 그분, 지금까지 알고 있던 자리쿠르 씨와는 전혀 딴판인 그분이 서 있었어. 정말 전혀 다른 모습이었어. 허리는 구부정하고, 외눈 안경도 없이 비듬투성이의 헌 옷, 불 꺼진 파이프, 음흉한 입술을 가진 자리쿠르 씨가 말이야. 그는 방금 먹은 양배추를 소화시키기 위해, 큰 코를 난롯불에 쬐며 코를 골고 있었는지도 몰라! 만일 식모한테 정식으로 방문 신청을 했더라면 나는 분명히 쫓겨났을 거야…. 그러나 이렇게 예고 없이 갑자기 들이닥치니까 그는 나를 서재로 불렀어.

나는 대번에 무척 흥분했었어. '선생님께 드릴 말씀이 있어서.' 듣자마자 그는 벌떡 일어났는데, 정신이 좀 들었던 모양이야. 늙은 솔개가 모습을 나타내기 시작했어. 외눈 안경을 쓰더니 나한테 의자를 권했어. 그제야 늙은 귀족 같은 모습이 나타나더군. 그는 놀란 듯 이렇게 물었어. '상담이라고?' 이렇게 묻는 이면에는 '의논할 만한 사람이 아무도 없단 말인가?'라는 뜻이 담겨 있는 것 같더군. 사실 그랬지. 나는 한 번도 그런 것을 생각해본 적이 없었어. 형, 그럴 수밖에 없지 않았어? 아무도 그런 상담을 할 상대가 없었지. 나는 언제나 형의 의견을 따르지 않았으니까…. 다른 사람의 의견도 물론 듣지 않았고…. 나는 혼자만의 생각으로 행동해왔어. 그런 인간이야. 나는 자리쿠르 씨한테 그렇게 말했어. 그가 내 말을 열심히 들어주는 것에 용기가 났었지. 말이 술술 잘 나오더군. '저는 소설가가 되려고 생각합니다. 위대한 작가 말이에요….' 나는 우선 그 말을 하려고 했어. 그는 눈썹 하나 까딱하지 않더군. 나는 계속 속마음을 털어놓았지. 나는 그분한테 설명했어…. 마침내 모든 것을! 내 자신 속에서 꿈틀거리고 있는 힘, 어떤 본질적이고 핵심적인 것, 나 자신의 것, 그 존재를 의심할 수 없는 그 어떤 것을! 또 지금까지 몇 년 동안 모든 교양을 쌓기 위한 노력도 언제나 이 깊은 가치를 해쳤을 뿐, 아무 소용도 없었다는 것을 말이야! 공부, 학교, 폭넓은 학문, 주석, 말을 지껄이는 것 등이 못 견디게 싫어졌다는 것과 그렇게 싫은 것 속에는 자기방어, 자기 보존과 같은 격렬한 것이 내포되어 있었다는 것도! 나는 입에서 나오는 대로 지껄였어! 그리고 그분한테 말했어. '선생님, 이 모든 것이 저를 짓눌러 숨이 막힐 것만 같습니다. 저의 진정한 열정이 빗나갈 것 같아 못 견디겠습니다!'"

자크는 끊임없이 변하는 눈초리로 앙투안을 뚫어지게 쳐다보았다. 그리고 그 순간, 엄격하고 열정적인 그의 시선은 부드러우며 응석 부리는 듯한 눈빛으로 변했다. 그는 외쳤다.

"형, 이건 정말이야!"

"그래, 알고 있어."

"아, 이것은 교만심하고는 거리가 먼 거야." 자크는 말을 계속했다. "사람을 경멸하거나 흔히 말하는 야심 같은 것은 전혀 없어. 그 증거로는 이곳에서의 생활이 말해주고 있어! 그렇지만 형, 확실히 말하겠는데, 나는 여기에서 참으로 행복해!"

얼마 있다가 앙투안이 입을 열었다.

"계속 이야기해 봐. 그때 그는 뭐라고 대답했지?"

"잠깐만 기다려. 내 기억이 옳다면 그는 아무 말도 하지 않았어. 그리고 맞아, 내가 말을 끝맺으려고 '샘'이라는 시를 한 수 읊었는데… 산문시 같은 것이었어. 형편없는 것이지." 자크의 얼굴이 상기되었다. "샘가에 있는 것처럼 자신 위로 몸을 숙이며, 풀을 헤치고, 깊은 곳에서 맑은 물 한 모금을 떠낸다…." "그는 그 대목에서 내가 읊던 것을 중단시키더니 이렇게 말했어. '멋진 시상….' 그 작자가 발견한 것은 그것뿐이었어! 엉터리 같은 사람! 나는 그의 시선을 눈여겨보았어. 그는 내 눈을 피하고는 자기 손에 낀 반지를 만지작거리고 있었어…."

"눈에 선하다." 앙투안이 말했다.

"…그는 길게 설교를 시작했어. '잘 다져진 길을 너무 경멸해서는 안 되네. 규율을 따랐을 때의 이익이라든가 유연성 등…' 아, 그도 다른 사람들과 조금도 다를 것이 없었어. 그는 전혀 아무것도 이해하지 못하고 있었던 거야! 나한테 주는 것이라고는 낡아빠진 사상밖에 없었어! 나는 일부러 찾아가서 지껄인 것이 화가 날 지경이었어! 그는 얼마 동안 같은 말투로 계속해서 이야기했어. 오직 나를 정확히 파악하려는 생각만 있는 것 같더군. 그리고 이런 말을 했지. '자네가 속해 있는… 그 나이 또래의 청년들은… 이런 부류에 속해 있다고 할 수 있을지도 모르지….' 그때 나는 화가 머리끝까지 치밀었어. '저는 분류라는 것도 싫고, 분류하는 사람도 싫습니다! 분류한다는 구실로 결국 제한하고 깎아내리는 것이지요. 그리고 인간은 이런 사람들 속에서 빠져나왔을 때 병신처럼 절름발이가 되는 거예요!' 그는 미소 짓고 있었어. 모든 것을 참으려고 결심한 듯했어! 나는 소리를 질렀지. '선생님, 저는 교수들을 증오해요! 그래서 선생님을 만나러 온 것입니다. 선생님을!' 그는 여전히 미소만 짓고 있었어. 우쭐해진 태도였어. 그리고 인사치레로 여러 가지 질문을 하더군. 그것도 화가 치미는 질문을! 지금까지 무엇을 했느냐고요?—'저는 아무것도 안 했습니다!' 지금부터 무엇을 하려고 하느냐고요?—'모든 것을 하고 싶습니다!' 그 작자는 비웃을 용기조차 없더군. 젊은 사람한테서 평가받는 것이 너무 두려웠던 거야! 그는 젊은 사람들의 의견, 이것에만 집착하고 있었던 거야! 내가 찾아간 순간부터 그는 한 가지만 생각하고 있었어. 곧 당시에 그가 쓰기 시작한 『나의 경험』이라는 책 말이야. (그 뒤에 그 책은 나왔겠지. 그러나 나는 그런 것은 절대로 읽지 않을 거야!) 그는 그 책이 실패하는 것을 두려워하고 있었어. 그리고 젊은 사람만 보면 그 책의 실패의 망상에 사로잡혀, '저놈은 내 책을 어떻게 생각하고 있을까?'라는 것에만 골몰했던 거야."

"가엾은 사람이구나!" 앙투안이 말했다.

"그래. 나도 그것을 알고 있어. 그것은 비통한 거야! 그러나 내가 갔던 것은 그가 두려움에 떠는 것을 보기 위한 것은 아니었어! 나는 그래도 희망을 가지고 나의 자리쿠르 씨를 기대했었지. 시인, 철학자, 인간성 등 자리쿠르 씨의 어떤 것이라도 좋다고 생각했었어. 그러나 지금과 같은 것은 아니었지! 나는 일어섰어. 그야말로 웃기는 순간이었어. 그는 무엇인가를 중얼거리면서 나를 배웅했어. '젊은 사람들한테 조언을 한다는 것은 어려운 일이야…. 어디에나 적용되는 진리는 없어. 저마다 스스로 자신의 진리를 찾는 것이라네.' 나는 앞장서서 말없이 도망치듯 걸어 나왔어! 응접실, 식당, 현관, 어둠 속에서 내가 직접 문을 열었어. 그래서 여러 가지 골동품에 부딪혔어. 그는 전등 스위치를 찾을 만한 여유도 없었지!"

앙투안은 미소를 지었다. 그는 그의 집의 방 배열, 가구, 의자, 골동품들이 생각났다. 그러자 자크는 이야기를 계속했다. 그의 얼굴은 질겁을 한 표정이었다.

"그때… 잠깐 기다려…. 어떻게 해서 그렇게 되었는지는 잘 모르겠어. 내가 그한테서 도망가는 이유를 그제야 알았을까? 내 뒤에서 쉰 목소리가 들려왔어. '이 이상 나한테서 무엇을 바라는 건가? 보다시피 나는 능력이 없어. 이제는 끝장난 인간이야!' 우리는 현관에 있었어. 나는 당황해서 뒤를 돌아보았지. 얼마나 딱한 얼굴이었는지! 그는 되풀이하고 있었어. '빈껍데기야! 끝장났어! 더구나 나는 어떤 일도 못 했어!' 그렇지 않다고 나는 말해주었지. 그래, 정말 나는 진지했어. 더 이상 그에게 화가 난 것은 아니었거든. 그러나 그는 이렇게 말하면서 자기 자신에 대해서 몹시 화가 나 있었어. '아무것도 한 것이 없어! 아무것도! 그건 나 자신이 잘 알고 있어!' 내가 또 뭐라고 하자, 그는 격분했어. '도대체 무엇이 여러분한테 그런 생각을 하게 하는 거지? 내가 쓴 책? 그런 것은 빈껍데기야! 나는 내가 쓸 수 있는 것은 하나도 못 썼어! 그렇다면 나한테 또 뭐가 있어? 뭐가? 나의 직위? 강의? 한림원? 도대체 뭐지? 이것 말이야?' 그는 약장略章이 붙은 웃옷의 깃을 움켜잡고 흔들었어. '이것인가? 말해보게? 이것?'"

(자기 이야기에 도취되어 자크는 일어났다. 자크는 당시의 광경을 점점 격렬하게 표현했다. 그리고 앙투안은 같은 장소에서 그가 보았던 자리쿠르 씨의 모습, 천장의 불빛 아래에서 몸을 뒤로 젖힌 모습을 생각했다.)

"갑자기 그는 침착해졌어." 자크가 말을 이었다. "아마 다른 사람이 듣는 것이 두려워졌던 것 같아. 문을 열더니 오렌지 냄새와 밀랍 냄새가 나는 부엌 같은 데로 나를 끌고 갔어. 마치 자신을 비웃듯이 입을 비죽거리고 있었지만 눈초리는 매정해 보였고, 외눈 안경 너머로 눈은 충혈되어 있었어. 컵과 과일 접시가 놓여 있는 판자에 팔꿈치를 기대고 있었어. 어떻게 그가 그것들을 내던지지 않고 있을 수 있었는지 지금도 나는 알 수 없어. 삼 년 뒤인 지금까지 그때의 말투, 그가 한 말들이 생생하게 귀에 남아 있어. 그는 은은한 목소리로 장황하게 이야기를 시작했어. '나는 실은 이런 경로를 밟아온 거야. 자네 나이 때, 아니 좀 더 먹었을 때인지도 모르지. 마침 고등사범을 나온 뒤였네. 자네와 마찬가지로 나도 소설가를 지망했어. 또 자네와 같이 그 길로 나가려면 아무래도 자유로워져야 되겠다고 생각했지! 그리고 자네와 마찬가지로 지금까지 걸어온 길이 틀렸다는 것을 깨달았어. 누구하고라도 상담하고 싶었다네. 그래서 나는 어떤 소설가를 찾았지. 누군지 알겠나? 아니 알 수 없을 거야. 그 사람이 1880년대 청년들한테 어떤 영향을 준 인물인지 상상도 못 할 걸세! 나는 그 사람을 찾아갔었지. 그 사람은 내가 말하도록 내버려두고는 수염을 비틀면서 날카로운 눈으로 나를 보고만 있었어. 성미가 급한 그는 내 말을 끝까지 듣지도 않고 일어나버렸지. 아, 주저하지도 않고 말이야! 그는 's'음이 'f'음으로 들리는 소리로 이렇게 말했어. **작가의 길은 오직 하나, 곧 저널리즘이야!** 그 사람은 그렇게 말했어. 그때 내 나이 스물세 살이었어. 나는 찾아갔을 때와 똑같이 바보가 되어 돌아온 거야! 나는 내 책들, 선생들, 친구들, 모든 경쟁, 전위파 잡지들, 토론회장, 찬란한 미래를 다시 찾았어! 찬란한 미래였지!' 이렇게 말한 자리쿠르는 그 손으로 내 어깨를 툭툭 쳤어. 안경 너머로 빛나는 그 애꾸눈, 그 눈을 나는 언제까지나 기억할 거야. 그는 벌떡 일어나 내 얼굴에 침을 튀기면서 말했어. '자네, 나한테 볼일이 있어서 왔다고 했지? 어떤 조언을 해달라고? 그래, 바로 이런 거야! 책을 버리는 것이 좋아. 본능대로 움직이게! 무엇인가를 배우는 거야. 적어도 어느 정도 천부적인 소질이 있다면 결국 모든 것은 제힘으로 뻗어나가는 거야! …자네 같으면 지금도 늦지 않아. 서두르게! 생활을 시작하는 거야! 어떤 방식으로, 어디에서 하든지 그런 것은 문제가 되지 않네! 나이도 이제 스무 살. 눈과 다리가 있지 않은가? 이 자리쿠르의 말을 귀담아듣게. 어디든지 신문사에 들어가. 그리고 잡다한 기삿거리를 찾는 거야. 알겠나? 나는 결코 미친놈이 아니야. 공동묘지를 향해 뛰어드는 거야! 자네의 몸의 때를 벗겨내려면 그 길밖에 없네. 아침부터 밤까지 뛰는 거야. 사고, 자살, 소송 사건, 세상의 참극, 사창굴에서의 범죄, 어느 하나도 놓치면 안 돼! 눈을 크게 뜨고 문명이 이끄는 나쁜 것, 좋은 것, 생각하지도 않던 일, 두 번 다시 있을 수 없는 일 등 그 모든 것에 눈을 크게 떠야 돼! 그런 뒤에 인간이나 사회에 대해서 또 자기 자신에 대해서 무엇인가 말할 수 있을 걸세!'

나는 그를 그냥 바라보는 게 아니라 마치 그를 삼켜 먹을 듯이 바라보았지. 그리고 온몸에 전기가 통하는 것 같았어. 그러다가 모든 것이 단숨에 제자리로 돌아왔어. 한마디도 없이 그는 문을 열고는 현관을 지나 층계참까지 거의 나를 내쫓다시피 했어. 그가 왜 그랬는지 지금까지도 이해가 가지 않아. 다시 정신을 차렸던 것일까? …그토록 감정이 폭발한 것이 후회스러워 그랬을까? …내가 그 사실을 누구한테 이야기할 것이 두려워서였을까? …지금도 그의 긴 턱이 떨리는 것을 보는 듯해. 그는 목소리를 낮추더니 빠른 어조로 알아듣기 힘든 말로 이렇게 중얼거리더군. '자… 자… 자네 서재로 돌아가는 거야!'

문이 꽝 닫혔어. 그때 될 대로 되라는 기분이 들었지. 오층 계단을 뛰어 내려와 거리로 나왔어. 들에 풀어놓은 어린 망아지같이 어둠 속에서 집까지 뛰어왔어!"

자크는 흥분하여 어쩔 줄 모르며 물을 두 컵이나 따라서 단숨에 마셨다. 손이 떨리고 있었다. 물병에 부딪친 컵 소리가 쨍하고 울렸다. 조용한 가운데 그 투명한 컵 소리가 한참 동안 사라지지 않았다.

앙투안은 계속 몸을 떨면서 자크의 가출 이전에 일어났던 몇 가지 사건의 맥락을 찾고 있었다. 앞뒤가 맞지 않는 점들이 많았다. 그는 쥐세페의 이중의 사랑에 대해서 몇 가지 숨겨진 이야기를 털어놓게 하고 싶은 생각이 들었다. 그러나 그 점에 대해서… 자크는 '양립시킬 수 없는 일이 많아서'라고 조금 전에 한숨지으며 말한 적이 있었다. 저렇게 완강하게 입을 다물고 있는 것을 보면, 가출을 결심하는 데 감정적인 갈등이 어떤 역할을 하고 있는지를 짐작할 수 있었다. '그렇다면 지금은' 하고

앙투안은 생각했다. '감정적인 갈등이 마음속에서 얼마나 중요한 위치를 차지하고 있을까?'

그는 간략하게 여러 가지 사실들을 모아보려고 했다. 자크는 시월에 메종 라피트에서 돌아왔다. 그 무렵, 지젤과의 관계, 제니와의 만남은 어떠했을까? 헤어지려고 했었나? 그렇지 않으면 실현 불가능한 약속이라도 했을까? 앙투안은 파리에서의 동생의 모습을 그려보았다. 구체적인 공부 계획도 없이, 혼자 너무 자유로웠던 그는 해결할 수 없는 문제에 휘말려 흥분과 고뇌에 파묻힌 생활을 한 것에 틀림없다. 그를 기다리고 있는 유일한 것은 생각만 해도 지긋지긋한 개학, 고등사범의 기숙사 생활. 그러던 중에 자리쿠르를 방문하게 된 것이다. 그래서 갑자기 넓은 지평선에 탈출구가 생긴 것이다. 곧 모든 불가능한 것들을 청산하고 뛰쳐나가 정처 없이 떠나 살아가는 것이다! '그래' 하고 앙투안은 생각했다. '그것이 바로 자크의 가출뿐만 아니라, 그가 삼 년 동안 죽은 듯이 침묵을 지켜온 이유인 것이다. 처음부터 새로 시작하자! 다시 시작하기 위해서는 모든 것을 잊어버리자. 모든 사람들한테서 망각의 존재가 되자!'

'하필이면' 하고 그는 생각했다. '내가 르 아브르에 가서 집을 비웠을 때 그럴 게 뭐람. 하루만 기다려도 나를 다시 만나 이야기를 나눌 수 있었을 텐데!' 섭섭한 마음이 되살아났다. 앙투안은 애써 모든 불만을 쫓아버리고 다시 동생과 대화를 나누며 뒷이야기를 알아보려고 말을 계속했다.

"그래서… 그런 일이 있었던 다음 날이었구나?…"

자크는 다시 난롯가에 와 앉았다. 팔꿈치는 무릎 위에 올려놓고 고개를 숙인 채 그는 휘파람을 불었다.

그는 눈을 치켜들었다.

"그래, 그다음 날이었어." 주저하는 듯한 어조로 덧붙여 말했다. "말다툼이 있은 직후…."

세레노 별장에서의 논쟁, 아버지와의 논쟁 말이구나! 앙투안은 지금까지 그것을 잊고 있었다.

"아버지는 그것에 대해서 아무 말씀도 하지 않으셨는데." 앙투안은 힘차게 말했다.

자크는 놀라는 것 같았다. 그는 시선을 돌렸다. 그 태도에는 이런 뜻이 엿보였다. '흥, 할 수 없지…. 그 문제를 다시 돌이켜 생각하고 싶지는 않으니까.'

'바로 이래서 자크는 내가 르 아브르에서 돌아오기를 기다리지 않았구나!' 하고 앙투안은 흐뭇하게 생각했다.

자크는 생각에 잠긴 듯한 태도를 취하더니 다시 휘파람을 불기 시작했다. 신경질적인 주름 하나가 눈썹 위에 그려졌다. 곧 자신도 모르게 그 비통한 순간이 생각났던 것이다. 아버지와 아들은 식당에서 대면해 있었다. 점심 식사가 끝난 직후였다. 티보 씨는 학교 개학에 관해 물었다. 격해 있던 자크는 학교를 그만둘 것을 선언했다. 말대꾸가 길어지면서 분위기는 점점 더 격렬해졌다. 아버지는 주먹으로 식탁을 쳤다…. 궁지에 몰린 자크는 왈칵 흥분하여 아버지에게 대들 듯이 제니의 이름을 내뱉었다. 그리고 여러 가지 위협에 맞서, 자기편에서 오히려 이성을 잃고 아버지를 협박하면서 입에 담을 수조차 없는 말을 퍼부어댔다. 배수진을 단단히 치고 모든 것을 돌이킬 수 없게 해놓은 다음에, 반항과 절망에 빠져 이렇게 외치면서 뛰쳐나갔던 것이다. '죽어버리겠어요!'

너무나 생생하게, 너무나 가슴 아프게 그때의 일이 생각나자 그는 무엇에 찔린 듯이 일어났다. 앙투안은 그때 동생의 눈에서 얼빠진 듯한 빛을 엿보았다. 그러나 자크는 곧 다시 정신을 차렸다.

"네시가 넘었어" 하고 그가 말했다. "그 일을 끝내려면…." 그는 벌써 외투를 걸쳤다. 한시라도 빨리 이 자리를 뜨고자 하는 것 같았다. "형, 여기에서 기다려. 다섯시까지는 돌아올 테니까. 떠날 준비는 곧 할 수 있어. 저녁 식사는 역 식당에서 하도록 하지. 그게 좋을 것 같아." 책상 위에 여러 개의 서류 뭉치를 올려놓았다. "자" 하고 그가 덧붙여 말했다. "재미있으면… 여러 가지 기사도 있고 단편 소설도 있으니까…. 이삼 년 동안 쓴 것 중 그래도 괜찮은 것들이야…."

그는 문턱을 지나 나가려고 하다가 잠깐 머뭇거리면서 가벼운 투로 이렇게 물었다.

"참, 형, 저… 나한테 다니엘 이야기는 왜 하지 않지?"

앙투안에게는 그가 '…퐁타냉가家 사람들은?'이라고 말하려는 것 같은 느낌이 들었다.

"다니엘 말이니? 나하고는 아주 친해졌어! 네가 집을 나온 뒤에 아주 친근하고 정답게 대해주더구나…."

자크는 마음의 혼란을 감추려고 몹시 놀란 체했다. 앙투안도 그것을 진정으로 받아들이는 것처럼 했다.

"놀랐니?" 그는 웃으면서 말했다. "물론 나하고 그 애는 많이 다르지. 그러나 나도 결국에는 그 애의 인생관을 긍정적으로 받아들이게 되었어. 상대가 예술가니까 그런 생각도 무리가 아니지. 다니엘은 상상했던 것보다 더 성공하고 있어! 1911년의 뤼드비그손 전시회에서 아주 유명해졌어. 그림을 팔려고 하면 얼마든지 팔 수 있어. 그러나 별로 많이 그리는 것 같지는 않아… 그 애와 나는 딴판이지. 특히 전에는" 하고 그는 고쳐 말했다. 그는 이렇게라도 자기 자신에 대해 조금 말할 기회를 얻은 것을 다행스럽게 여겼으며, 또한 자크에게 '움베르토'와는 다른 자신을 보이게 된 것을 즐겁게 생각했다. "나는 이제 전과 같은 외골수가 아니야! 그럴 필요가 없을 것 같은 생각이 들어…."

"다니엘은 파리에 있어?" 퉁명스럽게 자크가 물었다. "그 애는 알고 있어…?"

앙투안은 버럭 화가 치미는 것을 억눌러야만 했다.

"아니, 군대에 있어. 뤼네빌에서 하사로 있어. 열 달 정도 남았지. 1914년 시월까지야. 만난 지가 일 년쯤 되는 것 같군."

그는 동생이 침울하고 허탈감에 사로잡힌 시선으로 자기를 쳐다보는 것에 마음이 섬뜩해져서 입을 다물었다.

형의 목소리가 침착성을 되찾자 자크는 이렇게 말했다.

"형, 난롯불은 끄지 말아."

그러고 나서 그는 나갔다.

11

혼자 남게 되자 앙투안은 책상 앞으로 다가가 호기심을 가지고 서류 뭉치를 펼쳐보았다.

거기에는 여러 종류의 자료가 무질서하게 쌓여 있었다. 우선 신문에서 잘라낸 시사 문제에 관한 기사가 있었는데 '**운명론자 자크**'라고 서명되어 있었다. 다음은 J. 릴레베르크라는 가명으로 벨기에 잡지에 실린 것으로 산에 관해 노래한 것 같은 일련의 시였다. 마지막으로 일련의 단편소설로 '검은 수첩에서'라고 되어 있으며, 기자 생활을 하면서 틈틈이 쓴 것 같은 스케치풍의 소설이었는데, 거기에는 '자크 보티'라는 서명이 있었다. 앙투안은 그중 몇 가지를 읽어보았다. 「80세의 사람들」, 「어린이의 자살」, 「맹인의 질투」, 「노여움」 등. 등장인물들은 일상생활을 통해서 흔히 볼 수 있는 유형을 택했는데, 모두가 자기 나름대로 개성을 뚜렷이 부각시키고 있었다. 「라 소렐리나」의 조잡하고 짧은 문체가 이번에는 완전히 서정성에서 벗어나 소설에 흥미를 느끼게 하는 사실성을 부여하고 있었다.

그러나 작품들이 재미있기는 했지만 앙투안은 쉽게 정신을 집중할 수 없었다. 오늘 아침부터 뜻밖의 일만 계속되고 더구나 혼자 있게 되자, 그는 어젯밤에 떠나왔던 병실 쪽으로 자기도 모르게 마음이 쏠렸다. 그곳에서는 어쩌면 끔찍한 일이 시작되었는지도 모른다. 여기에 온 것이 잘못이었나? 아니야, 자크를 데리고 갈 테니까….

조심스러우면서도 분명하게 문을 두드리는 소리에 그의 주의는 흐트러졌다.

"들어오세요." 그가 말했다.

놀랍게도 거기에는 어두운 계단을 뒤로하고 서 있는 여자의 모습이 보였다. 오늘 아침 식사 때 잠깐 본 적이 있는 젊은 여자임을 알아볼 수 있었다. 그녀는 장작이 들어 있는 바구니를 들고 있었다. 그는 엉겁결에 그것을 받았다.

"동생은 나갔는데요." 그가 말했다.

그때 여인은 '알고 있습니다'라는 뜻으로 고개를 끄덕거렸다. '그러니까 왔지요'라는 뜻도 포함되어 있는 것 같았다. 그녀는 호기심을 감추려 하지도 않고 앙투안의 얼굴을 뚫어지게 바라보았다. 그러나 그녀의 태도에는 조금도 모호한 데가 없었다. 그만큼 중대한 이유 때문에 깊이 생각한 후에 그러한 대담성을 보이는 것 같았다. 앙투안은 그녀의 눈매로 보아 지금까지 울다가 온 듯한 인상을 받았다. 그녀는 별안간 눈을 깜박거리더니 단도직입적으로 비난하듯 떨리는 목소리로 물었다.

"그분을 데리고 가시나요?"

"네… 아버님이 중태라서."

그녀의 귀에는 그것이 들리지 않는 것 같았다.

"무슨 이유 때문이죠?" 하고 그녀는 화를 내며 말했다. 그리고 발로 땅을 찼다. "안 됩니다!"

앙투안은 되풀이했다.

"아버님이 돌아가시게 되어서."

그러나 그녀는 그런 설명 같은 것은 아랑곳없었다. 두 눈에는 차츰 눈물이 글썽했다. 상반신을 창 쪽으로 향하고 두 손을 마주 잡고는 그 손을 쥐어짜는 듯했다. 그러고 나서 힘없이 두 팔을 내려뜨렸다.

"그분은 돌아오지 않을 거예요!" 은밀하게 그녀가 말했다.

그녀는 키가 크고 어깨가 널찍했다. 뚱뚱한 몸집에 움직일 때는 어딘가 좀 들떠 있는 듯했으나, 가만히 있을 때는 어쩐지 둔해 보였다. 달걀빛의, 두 갈래로 땋아 늘어져 있는 윤기 나는 머리는 낮은 이마를 두르고 있었는데, 그것이 목덜미에서 얽혀 있었다. 이렇게 왕관형의 머리 모양을 한 단정하고 중후한 얼굴에는 의젓한 데가 있었다. 그 점은 물결 모양으로 구부러져서 강한 의지를 보여주는 입의 윤곽에 의해서 더욱 뚜렷해졌다. 그리고 그 입 주위에는 두 줄기의 육감적인 주름이 잡혀져 있었다.

그녀는 앙투안 쪽을 돌아다보았다.

"맹세해주세요. 그분이 돌아오는 것을 방해하지 않겠다고, 예수의 이름으로 맹세해주세요!"

"천만의 말씀. 왜 못 오게 하겠어요?" 하고 그는 타협적인 미소를 지으며 말했다.

그 미소에 그녀는 응답하지 않았다. 눈에는 구슬 같은 눈물을 반짝이면서 앙투안을 물끄러미 바라보고 있었다. 몸에 꼭 맞는 옷을 입고 있어서 가슴이 심하게 뛰는 것이 엿보였다. 그녀는 앙투안이 유심히 쳐다보는 것을 부끄러워하지도 않았다. 가슴속에서 구겨진 손수건을 꺼내 눈물을 닦고는 훌쩍거리면서 코를 풀었다. 눈꺼풀 사이의 상냥해 보이는 눈동자는 힘이 없어 보이면서 부드럽고 육감적인 표정을 자아냈다. 잔잔한 물과 같은 그 눈동자에는 이따금 이해할 수 없는 사고의 소용돌이가 일고 있었다. 그러면서 그녀는 고개를 숙이는가 하면 다른 쪽을 보기도 했다.

"그분이 제 이야기를 하던가요? 제 이름이 소피아라고요?"

"아니요."

푸른빛이 그녀의 속눈썹 사이를 스쳐갔다.

"제가 이것저것 모두 말했다고 그분한테 말하지 마세요…."

앙투안은 다시 미소를 띠었다.

"아니, 지금 부인은 나한테 아무 말도 하지 않았는데요."

"오, 그렇군요." 그녀는 눈을 반쯤 감은 채 고개를 뒤로 젖히면서 말했다.

그녀는 두리번거리다가 접는 의자를 찾아냈다. 앙투안 곁에 가져와서 별로 시간 여유가 없는 듯 황급히 앉았다.

"이보세요." 그녀는 단호하게 말했다. "당신은 틀림없이 연극 관계 일을 보시는 분인 것 같은데." 앙투안은 아니라는 시늉을 했다. "맞아요, 제가 가지고 있는 그림엽서의 그분과 똑같은데… 파리의 유명한 비극 배우 말이에요." 그녀는 미소를 띠었다. 그러나 그 미소는 근심이 가득한 미소였다.

"연극을 좋아하십니까?" 앙투안은 그녀의 잘못된 생각을 깨우쳐주는 데 시간을 소비하지 않으려고 물었다.

"영화! 연극! 참 좋아해요!"

무감각한 그 얼굴에 이따금 폭풍우가 인 것같이 뜻밖의 혼란이 스쳐갔다. 하찮은 말을 할 때도 크게 벌려지는 입은 하얀 치아와 진홍빛 잇몸을 드러내기 때문에 더욱 커지는 듯했다.

그는 수세에 몰렸다.

"이곳에는 훌륭한 극단이 있겠지요?"

그녀는 몸을 숙였다.

"전에 로잔에 와본 적이 있으세요?" (이렇게 몸을 숙이고, 목소리를 억제해 빨리 말할 때의 그녀는 아주 내밀한 것을 요구하고, 또 그것을 주고 있는 것 같았다.)

"한 번도" 하고 그가 대답했다.

"그럼 또 오실 거예요?"

"그럴 겁니다!"

순간 그녀는 냉혹한 눈초리로 그를 뚫어지게 바라보았다. 그러면서 여러 번 고개를 흔들었다. 그리고 마지막으로 이렇게 말했다.

"거짓말이야."

그러고는 난로 쪽으로 걸어가서 석탄을 넣으려고 뚜껑을 열었다.

"오" 앙투안은 푸념하듯 말했다. "너무 더운데…."

"그렇군요." 그녀는 손등을 볼에 대면서 말했다. 그러나 그녀는 장작을 한 개씩 세 번이나 불 속에 집어 던졌다. "자크는 이렇게 하는 것을 좋아해요." 하고 말하는 그녀의 어투는 도전적이었다.

그녀는 등을 돌린 채, 얼굴을 화끈거리게 하는 모닥불을 보면서 계속 무릎을 꿇고 앉아 있었다. 땅거미가 지고 있었다. 앙투안은 불꽃 후광에 쌓인 그녀의 발랄한 어깨, 목덜미, 머리털을 애정 어린 시선으로 바라보았다. 무엇을 기대하고 있는 것일까? 내가 자기를 쳐다보고 있다는 것을 분명히 알고 있을 텐데. 앙투안은 그녀의 멍한 옆모습에서 미소의 그림자를 본 것 같았다. 그러자 상반신을 돌리더니 다시 일어났다. 난로 뚜껑을 발로 닫고 방 안을 서성거렸다. 그러다가 테이블 위에 있는 사탕 그릇이 눈에 뜨이자 그중 한 개를 탐욕스럽게 입에 넣고 깨물어 먹으며 한 개를 멀리서 앙투안에게 내밀었다.

"아니, 생각 없어요." 그는 웃으면서 말했다.

"이렇게라도 하지 않으면 나쁜 일이 닥쳐오거든요."

그녀는 이렇게 말하면서 사탕을 던졌다. 그는 그것을 공중에서 받았다.

그들의 시선이 마주쳤다. 소피아의 눈은 이렇게 묻는 듯했다. '당신은 누구세요? 지금부터 당신과 나 사이에 무슨 일이 일어날지 아세요?' 투명한 금빛 속눈썹 속에 나른한 듯하면서도 욕망에 불타고 있는 그녀의 눈은 여름에 비를 기다리는 모래를 생각나게 했다. 그러나 거기에는 정욕보다도 권태로운 빛이 더 역력했다. '이런 종류의 여인은' 하고 앙투안은 생각했다. '건드리자마자… 때를 놓치지 않고 덤벼들 테지. 그리고 나중에는 이쪽을 증오하며, 야비한 복수심으로 불타는 그런 종류의 여자일 거야….'

그의 마음을 짐작했는지 그녀는 몸을 돌려 창문 쪽으로 걸어갔다. 비 때문에 날이 빨리 저물었다.

오랜 침묵 끝에 앙투안은 서먹서먹해하면서 물어보았다.

"무슨 생각을 하세요?"

"오, 저는 무엇을 생각하는 경우가 드물어요." 그녀는 꼼짝도 않고 솔직히 말했다.

앙투안은 되물었다.

"그래도 생각을 한다면 무엇을?"

"아무것도."

앙투안의 웃음소리를 들으며 그녀는 창가를 떠났다. 이번에는 그녀 편에서 살짝 미소를 지었다. 그녀는 바쁜 기색이 전혀 없었다. 팔을 흔들며 서성거리다가 문 쪽으로 가서 무심하게 문고리를 잡았다.

앙투안은 그녀가 문에 자물쇠를 잠그는 줄 알았다. 그래서 순간 얼굴이 화끈 달아올랐다.

"안녕히 계세요." 그녀는 고개를 돌리지도 않고 중얼거렸다.

그녀가 문을 열었다.

놀라움과 함께 막연한 실망감을 느낀 앙투안은 몸을 앞으로 내밀어 그녀의 눈길이라도 잡아보려고 했다. 얼떨결에 좀 놀려 주고 싶은 생각도 들어서 호소하는 듯 상냥한 투로 중얼거렸다.

"안녕…."

그러나 문은 닫혀버렸다. 그녀는 뒤를 돌아보지도 않고 나가 버렸다.

그의 귀에는 그녀가 계단 난간을 내려가면서 스치는 치맛자락 소리와 의식적으로 흥얼거리는 유행가의 한 구절이 들려왔다.

12

점점 방 안에 어둠이 깃들었다.

앙투안은 불을 켜기 위해 자리에서 일어날 기력도 없이 여러 가지 생각을 하고 있었다. 자크가 나간 지 벌써 한 시간 반도 더 되었다. 앙투안은 억지로 떨쳐버리려고 했지만 공연한 의구심이 뇌리를 떠나지 않았다. 순간순간 더해가는 불안감 때문에 가슴은 죄어드는 듯했다. 그러나 층계를 올라오는 동생의 발걸음 소리를 들었을 때 그런 불안감은 일시에 사라졌다.

자크는 들어오면서 한마디 말도 없었다. 방 안이 컴컴한 것도 알아채지 못한 듯 문 옆에 있는 의자에 가서 털썩 주저앉았다. 난로 불빛에 겨우 그의 모습이 보였다. 그의 이마는 모자에 가려져 있었고 팔에는 외투가 들려 있었다.

그는 갑자기 신음하듯 말했다.

"형, 나를 이곳에 있도록 해줘. 형만 돌아가. 나는 그냥 있을 테야! 형한테 되돌아오지도 못할 뻔했어…." 앙투안이 말하기도 전에 자크는 다시 외쳤다. "아무 말 하지 마. 아무 말도. 알고 있단 말이야. 아무 말도 하지 마. 그래 같이 갈게."

그는 일어나서 불을 켰다.

앙투안은 동생의 시선을 피했다. 그리고 태연하게 뭔가를 계속 읽는 체했다.

자크는 지친 발걸음으로 방 안을 서성거리고 있었다. 그는 옷가지를 침대에 내던지더니, 가방을 열고 그 속에 속옷과 잡다한 것들을 쑤셔 넣었다. 이따금 휘파람을 불었는데, 그것은 언제나 같은 곡조였다. 앙투안은 그가 한 묶음의 편지를 불 속에 집어 던지고, 흐트러진 서류를 정리해 책장에 넣고 열쇠로 잠그는 것을 보았다. 자크는 고개를 움츠린 채, 방구석에 웅크리고 앉아 흘러내리는 머리를 신경질적으로 올리면서, 무릎에 여러 통의 봉함엽서를 놓고 갈겨썼다.

앙투안의 가슴은 벅차올랐다. 만일 자크가 '제발 부탁이야. 나를 여기 그냥 있게 해줘'라고 말했다면, 그는 아무 말 없이 동생을 끌어안은 다음에 혼자 출발했을지도 모른다.

이번에는 자크 쪽에서 침묵을 깨트렸다. 구두를 갈아 신고 나서 가방을 잠그더니 형 쪽으로 다가왔다.

"일곱시야. 나가야지."

앙투안은 아무 대답도 않고 떠날 채비를 했다. 준비가 끝나자 그는 이렇게 물었다.

"도와줄까?"

"아니, 괜찮아."

형제는 낮의 목소리보다는 나지막한 소리로 말을 나누었다.

"가방을 다오."

"무겁지 않아…. 형이 먼저 나가."

그들은 거의 소리를 내지 않고 방을 가로질러 나갔다. 앙투안이 먼저 방을 나갔다. 그는 뒤에서 자크가 불을 끄고 조용히 문을 닫는 소리를 들었다.

저녁 식사는 역 식당에서 간단히 끝냈다. 자크는 아무 말도 하지 않았다. 식사도 거의 손을 대지 않았다. 앙투안도 동생 못지않게 근심에 차 있어서 동생의 침묵을 존중했다. 그렇다고 애써 자기감정을 위장하지도 않았다.

열차는 플랫폼에 들어와 있었다. 그들은 출발 시간을 기다리며 서성거렸다. 지하도에서는 많은 여행자들이 끊임없이 몰려나왔다.

"기차가 만원이겠는데." 앙투안이 말했다.

자크는 아무 말 않고 있다가 갑자기 말했다.

"내가 여기 온 지 벌써 이 년 반이나 되었어."

"로잔에 말이야?"

"아니…. 스위스에 거주한 지가 말이야." 잠시 걷다가 자크는 또다시 중얼거렸다. "즐거웠어. 1911년 봄은…."

그들은 또다시 침묵 속에서 열차를 따라 걸어갔다. 자크는 지나간 일을 곰곰이 생각하고 있었음이 틀림없다. 왜냐하면 묻지도 않았는데 불쑥 이런 설명을 했기 때문이다.

"내가 독일에 있었을 때 두통이 아주 심했어. 그래서 하루라도 빨리 공기 좋은 스위스로 오기 위해 푼푼이 돈을 모았지. 내가 이곳에 온 것은 봄이 한창이던 오월 말이었어. 산에도 갔어. 루체른 주州에 있는 뮐레베르크에 정착했지."

"아, 뮐레베르크 말이구나…."

"그래, **뮐레베르크**라고 서명한 시는 모두 그곳에서 쓴 거야. 그때는 참 일도 많이 했어."

"오래 있었니?"

"반년. 농부집에서. 자식이 없는 노부부였어. 참 멋진 반년이었어. 봄과 여름이 얼마나 기가 막혔는지 몰라! 도착하던 날에 창문을 통해 경치를 보고는 얼마나 황홀했던지! 탁 트이고 물결치는 듯한 풍경이 소박한 여러 개의 선으로 뻗어 있었어. 고결하다고 할까! 나는 아침부터 밤까지 밖에만 있었어. 꽃과 야생꿀벌들이 들끓고 있는 초원. 암소 떼들을 풀어놓은 경사진 큰 목장. 시내의 나무다리…. 한없이 걸었지. 때로는 해가 지고 밤이 되어도… 어둠 속에서도…." 자크는 팔을 천천히 들어 올리더니 곡선을 그렸다. 그리고 다시 팔을 내렸다.

"그런데 두통은?"

"오, 그렇게 쉬니까 아주 좋아졌어! 뮐레베르크가 내 병을 고쳐준 셈이지. 지금까지 머리가 그렇게 시원하고 가벼웠던 적은 한 번도 없었어!" 그는 그 당시를 회상하며 미소를 지었다. "그래도 이런저런 생각과 계획과 망상으로 내 머리는 가득 차 있었지…. 내가 일생을 통해 무엇인가를 쓴다면, 그것은 모두 그해 여름 그토록 맑은 공기 속에서 싹튼 것이라고 생각해. 그처럼 열광되어 있던 하루하루를 지금 생각해보면… 아, 그때야말로 행복감에 도취되는 것이 무엇인지를 체험했어! …이런 일도 있었어—말하기 좀 부끄럽지만—이유 없이 마구 뛰어다니다가 풀 속에 넙죽 엎드리곤 했어…. 그러고는 흐느껴 울었지. 말할 수 없는 도취감에 사로잡혀 울었던 거야. 내가 좀 과장하는 것 같아? 아니야, 그건 사실이야. 어떤 때는 너무 울어서 세수를 하려고 산속에 있는 작은 샘까지 빙빙 돌아서 갔던 적도 있었어….” 그는 아래를 보며 잠시 말없이 걷다가 고개를 들지도 않고 거듭 말했다. “그렇군, 지금 생각해보면 벌써 이 년 반 전의 일이야.”

그러고 나서 기차가 떠날 때까지 침묵을 지켰다.

기차는 한 치의 오차도 없이, 시간표에 따라 정확하게, 기적 소리도 내지 않고 출발했다. 자크는 냉담한 눈길로 텅 빈 플랫폼이 사라져가는 것과, 여기저기 불빛이 반짝이는 교외가 더욱 빠른 속도로 지나가는 것을 보았다. 다시 모든 것은 암흑으로 변했다. 그리고 무방비 상태로 어둠 속으로 끌려가는 듯한 느낌이 들었다.

주위를 메우고 있는 낯선 사람들 속에서 그는 형을 찾았다. 앙투안은 그곳에서 몇 미터 떨어진 통로에 서서 반쯤 등을 돌리고 어두운 전원을 바라보고 있었다. 형의 곁에 가고 싶은 욕망이 그를 사로잡았다. 그리고 전부 털어놓고 이야기하고 싶은 생각이 다시 들었다.

그는 여행자들 사이를 교묘히 뚫고 형 있는 데까지 가서 힘차게 형의 어깨를 흔들었다.

발 디딜 틈도 없이 통로를 메우고 있는 여행자와 짐 사이에 끼어 있던 앙투안은 자크가 대수롭지 않은 말을 하려는 것으로 여겼다. 그래서 몸을 돌릴 생각도 하지 않고 고개만 돌린 채 머리를 숙였다. 가축들이 우리 안에 처박혀 있듯이 좁은 통로에서 꼼짝도 못한 채, 게다가 기차의 소음과 동요에 시달리고 있던 자크는, 형의 귀에다 입을 바짝 대고 속삭였다.

"형, 형은 알고 있어야만 해…. 처음에 나는… 그야말로…"

그는 외치고 싶었다. '나는 도저히 말로 할 수 없는 생활을 했어…. 정말 천한 일을 해왔어…. 통역… 안내원… 별의별 체험을 다 했어…. 아주 구렁텅이에 빠진 처참한 생활. 유태인 동네 생활이었어…. 친구라고는 모두 형편없는 것들, 크뤼제 영감, 세라도니오… 카로리나… 어느 날 밤에 그놈들이 부둣가에서 나를 몽둥이로 두들겼어. 그리고 병원. 머리가 아픈 것도 바로 그 때문이야…. 그리고 나폴리… 독일에서는 류페르와 로자 부부… 뮌헨에서는 윌프리드 때문에 나는… 미결감에 들어갔었어….' 그러나 형에게 털어놓고 싶은 생각이 치밀수록, 그리고 무수한 추억이 어지럽게 떠오를수록, 그에게는 말로 표현할 수 없는 이 과거가 정말로 **고백할 수 없는** 것으로 여겨졌다. 그뿐만 아니라 도저히 말로는 다 하지 못할 것 같은 느낌이 들었다.

그는 의기소침해져서 이렇게 중얼거리기만 했다.

"형, 나는 말로 다 할 수 없는 생활을 했어…. 수치스러운… 수-치-스런!"(그에게는 세상의 모든 치욕이 담긴 이 말, 절망적인 목소리로 되풀이하는, 무거우면서도 생기를 잃은 이 말이 참회하는 것만큼이나 차츰 그의 마음을 진정시켜 주었다.)

앙투안은 완전히 자크 쪽으로 돌아섰다. 주위에 사람들이 있어서 거북해진 데다가 자크가 목소리를 높이지나 않을까 걱정하면서, 그리고 자크가 무슨 말을 할까 조바심을 품고 있으면서도 그는 웃음 띤 얼굴을 보이려고 애썼다.

그러나 자크는 벽에 어깨를 기댄 채 이제 더 이상 아무 말도 하고 싶지 않다는 태도를 보였다.

여행자들은 통로에서 칸막이 안으로 들어갔다. 이윽고 주위가 조용해져서 두 형제는 마음 놓고 이야기할 수 있게 되었다.

이제까지 아무 말 없던 자크가 이야기를 다시 하려는 듯 갑자기 형 쪽으로 몸을 숙였다.

"이봐 형, 무엇보다도 무서운 것은, 그것은… 정상적인 것이… 무엇인지를 모르는 거야…. 아니, **정상적**이 아니라고 하는 것은 바보짓이야…. 글쎄 뭐라고 말해야 좋을까? …자기의 감정이라든가… 오히려 본능 같은 것을 모르는… 형은 의사니까 알 수 있을 거야." 자크는 눈살을 찌푸리고 어둠 속을 바라다보면서 침울한 목소리로 말했다. 그러면서 말할 때마다 말문이 막혔다. "이봐" 하면서 그는 말을 계속했다. "인간은 가끔 여러 가지 일을 느끼는 거야…. 어떤 때는 이쪽으로 …또는 저쪽으로… 여러 가지 종류의 비약을 하지. 가장 깊은 곳에서 솟아나는 비약 말이야…. 그렇지 않아? …그러면서 다른 사람도 자기와 같은 것을 느끼고 있는지, 아니면 나 혼자만 이러는 것인지 모른단 말이야! …형, 내가 말하는 것을 알아듣겠어? 형은 많은 사람과 많은 병의 증상을 보았잖아. 그러니까 형은… 말하자면… 일반적인 것과 그리고… 예외적인 것을 알고 있을 거야. 그렇지만 우리같이 아무것도 모르는 사람들한테는 이 점이 참 불안해…. 예를 들어 열서너 살 때 순간적으로 치밀어 오르는 생소한 그 욕망, 스스로를 보호할 겨를도 없이 우리를 엄습해오는 불투명한 생각들, 그러면서 그것을 부끄럽게 생각하고 큰 잘못이나 저지른 것같이 괴로워하며 숨기려고 하는 그것 말이야…. 그리고 언젠가는 이것보다 더 자연스럽고 아름다운 것이 없다는 것을 알게 되지, 비록… 그리고 누구나 모두 우리와 똑같지…. 알겠어? …그런데 마찬가지로 모호한 것들도 있어…. 본능적인 것… 엄연히 우리 앞에 있는…. 형, 그것에 대해서는 내 나이가 되어도… 뭐가 뭔지… 아직도 확실히 모른단 말이야….”

별안간 그의 얼굴은 긴장되었다. 갑자기 다른 생각이 그를 괴롭혔던 것이다. 그는 얼마나 빨리 자신도 모르는 사이에 영원한 친구인 형과 자기가 연결되는지를, 그리고 형을 통해 모든 과거와 연결되는지를 알게 된 것이다! 어제까지만 해도 넘을 수 없는 깊은 구렁이 있었는데… 그런데 겨우 반나절도 안 되어 이렇게 사정이 바뀌었으니… 그는 주먹을 불끈 쥐고 고개를 숙였다. 그리고 입을 다물었다.

몇 분 뒤에 그는 아무 말 없이 고개를 숙인 채 칸막이 안의 자기 자리로 되돌아갔다.

그가 갑자기 자기 자리로 돌아가는 것을 보고 앙투안도 뒤를 쫓아가려고 했다. 그때 앙투안은 희미한 어둠 속에서 동생이 꼼짝도 하지 않고 있는 것을 알았다. 꼭 감고 있는 두 눈에는 눈물이 고여 있었지만 자크는 잠든 체하고 있었다.

작품 해설

정지영

5부 「라 소렐리나La Sorellina」

『티보가家 사람들』이, 전반부 「회색 노트」에서부터 「아버지의 죽음」까지는 주인공들의 심리 분석이 주류를 이루고, 후반부에 속하는 「1914년 여름」과 「에필로그」에서는 역사성과 사상 문제를 다루고 있기 때문에 흔히들 전후반의 이야기가 단절되었다고 지적하는 사람들이 있다. 그러나 이것은 「라 소렐리나」가 지니는 중요성을 무시한 데서 비롯된 것이다. 이 작품은 어딘지 모르게 작가가 후반부를 준비하기 위한 과도기적인 부분이라고 생각될 수 있다.

자크 앞으로 온 편지를 뜯어보고 앙투안은 그가 살아 있음을 알게 된다. 학사원 회원인 자리쿠르가 보낸 이 편지를 단서루 앙투안은 동생의 거처를 확인하기 위해 자리쿠르 교수를 만나러 간다. 그리고 동생이 스위스의 제네바에서 발간되고 있는 『카리오프』라는 동인지에 자크 보티라는 필명으로 쓴 「라 소렐리나」라는 소설을 읽게 된다.

이 소설은 남부 이탈리아를 무대로 삼고, 이탈리아인과 영국인을 등장인물로 하고 있으나, 앙투안은 그것이 티보가家와 퐁타냉가家를 대상으로 한 이야기임을 곧 알아낸다. 「라 소렐리나」는 소설 속의 소설로서 자크가 가출한 동기와 그의 행방을 암시해주고 있다. 이 소설 속의 소설에서 작가는 명사만 나열하거나, 쉼표를 사용하여 의도적으로 문장을 끊어놓고 있다. 불완전하고 미숙한 형태로 제시된 이러한 문체를 통해 독자들은 제1차 세계대전 직전의 혼란스러운 시기를 살아간 한 젊은이의 충동적이고 격정적인 삶을 이해하게 된다.

자크의 가출 직전의 시점을 다루고 있는 것이 「라 소렐리나」이다. 여기서는 「아름다운 계절」에서는 다루어지지 않았던, 1910년 여름휴가 중에 자크가 티보가에서 보낸 마지막 시간들과 자크가 실종되었던 1910년 십일월 이후의 시간이 재현되어 있다.

이 소설에 따르면 자크는 다니엘의 누이동생인 제니와 티보 씨의 양녀로 들어와 동생처럼 여기던 지젤을 동시에 사랑했다. 여기에서 생긴 갈등 때문에 몹시 괴로워한 듯하다. 따라서 이것이 가출 동기 가운데 하나인 것은 분명하다. 그러나 직접적인 동기는 아버지와의 언쟁이었다. 언쟁을 하던 중에 아버지에게 자신이 신교도인 제니를 사랑한다고 밝힌 것이다. 이 소설 속에 등장하는 아네타와 쥐세페는 지젤과 자크 자신이다. 아네타를 친누이동생으로 하고 있는 것은 주인공의 가출 동기를 한결 뚜렷하게 하려는 문학적인 허구라고 하겠다.

앙투안은 자크의 가출 원인을 거의 파악하게 되었다. 곧 제니와 지젤에 대한 사랑, 아버지와의 불화가 동기였음을 확신하기에 이르렀다. 그러나 이 밖에도 무엇인가 석연치 않은 이유가 뒤에 숨어 있다는 것을 예측할 수 있었다. 이것은 자크가 떠나기 직전에 가졌던 자리쿠르 교수와의 대화이다.

앙투안은 이 소설을 근거로 자크의 거처를 알아낸다. 그리고 위독한 아버지 곁으로 동생을 데려오기 위해 스위스로 떠나 로잔에서 동생을 만난다. 자크는 삼 년 동안 비참한 방랑 생활을 한 후, 이곳에 정착하여 국제 노동자 사회주의혁명가 그룹에 참가하고 있었다. 그는 부르주아 출신이면서도 동료들로부터 신임과 존경을 받고 있었다. 성질이 과격하고 고집불통이던 자크가 어엿한 청년이 되어 딴사람이 된 데 앙투안은 놀라움을 금치 못한다. 자크는 스위스에 와서 정신적으로도 균형이 잡히고 목적의식이 뚜렷한 인간이 되었다. 한편 자크도 삼 년 만에 만난 형과의 대화에서 형이 변했다는 사실에 적잖이 놀라게 된다.

소년기의 자크는 모든 것에 대한 반항심으로 불타 있었다. 이것은 가정과 학교와 사회에 대한 불만에서 오는 반항이었다. 그러나 지금의 자크는 혁명 정신과 이념을 가지고 있으며, 인간의 존엄성을 위협하는 전쟁을 증오하는 반전 운동가로 변신해 있다.

그는 결코 티보가로 돌아오지 않을 것이다. 다만 형의 간곡한 요청에 따라 아버지의 임종을 지켜보기 위해 일시적으로 형과 함께 올 뿐이다.

미행에서 만든 책들

1	소설	마르셀 프루스트	최미경	**쾌락과 나날**
2	시	조르주 바타유	권지현	**아르캉젤리크**
3	소설	유리 올레샤	김성일	**리옴빠**
4	시	월리스 스티븐스	정하연	**하모니엄**
5	소설	나카지마 아쓰시	박은정	**빛과 바람과 꿈**
6	시	요제프 어틸러	진경애	**너무 아프다**
7	시	플로르벨라 이스팡카	김지은	**누구의 것도 아닌 나**
8	소설	카트린 퀴세	권지현	**데이비드 호크니의 인생**
9	르포	스티그 다게르만	이유진	**독일의 가을**
10	동화	거트루드 스타인	신혜빈	**세상은 둥글다**
11	산문	미시마 유키오	강방화·손정임	**문장독본**
12	소설	마르셀 프루스트	최미경	**익명의 발신인**
13	시	E. E. 커밍스	송혜리	**내 심장이 항상 열려 있기를**
14	시	E. E. 커밍스	송혜리	**세상이 더 푸르러진다면**
15	산문	데라야마 슈지	손정임	**가출 예찬**
16	칼럼	에릭 사티	박윤신	**사티 에릭 사티**
17	산문	뤽 다르덴	조은미	**인간의 일에 대하여**
18	르포	존 스타인벡·로버트 카파	허승철	**러시아 저널**
19	소설	윌리엄 포크너	신혜빈	**나이츠 갬빗**
20	산문	미시마 유키오	손정임·강방화	**소설독본**
21	소설	조르주 로덴바흐	임민지	**죽음의 도시 브뤼주**
22	시	프랭크 오하라	송혜리	**점심 시집**
23	산문	브론테 자매	김자영·이수진	**벨기에 에세이**
24	소설	뱅자맹 콩스탕	이수진	**아돌프 / 세실**
25	산문	안드레이 플라토노프	윤영순	**전쟁 산문**
26	소설	안토니 포고렐스키 외	김경준	**난 지금 잠에서 깼다**
27	소설	모리 오가이	전양주	**청년**
28	소설	알베르틴 사라쟁	이수진	**복사뼈**
29	산문	페르난두 페소아	김지은	**이명의 탄생**
30	산문	가타야마 히로코	손정임	**등화절**
31	산문	고바야시 히데오	유은경·이재창	**비평가의 책 읽기**

32	소설	조르주 바타유	유기환	**마담 에드와르다 / 나의 어머니 / 시체**
33	시론	라헬 베스팔로프	이세진	**일리아스에 대하여**
34	시	하트 크레인	손혜숙	**다리**
35	산문	다니자키 준이치로	이한정	**문장독본**
36	소설	로제 마르탱 뒤 가르	정지영	**티보가 사람들(전 11권)**

한국 문학

1	시	김성호	**로로**
2	시	유기환	**당신이 꽃 옆에 서기 전에는**

로제 마르탱 뒤 가르(Roger Martin du Gard, 1881-1958)는 예술의 중흥기인 '벨 에포크'에서 전란과 이념의 시대로 이행하는 20세기의 역사의 한복판에서 활동한 작가이다. 1881년 파리 근교의 뇌이쉬르센에서 태어났다. 페늘롱 중학교를 졸업하고, 국립 고문서 학교에서 공부했다. 마르탱 뒤 가르는 이곳에서 면밀한 자료 수집, 과학적 논리 전개, 객관적 문장력 등의 훈련을 쌓았다.
1908년에 장편소설 『생성』을 발표하면서 문단에 데뷔한 그는 1913년 『장 바루아』를 발표하면서 두각을 나타내기 시작했다. 그 뒤로 『오래된 프랑스』, 『아프리카의 비화』 등의 소설과 『를뢰 영감의 유언』 등의 희곡 작품들을 발표했다.
1920년부터 대하소설 『티보가 사람들』을 집필하기 시작했으며, 그중 1936년에 발표된 「1914년 여름」으로 이듬해 노벨문학상을 수상했다. 그리고 「에필로그」는 1940년에 발표했다. 『티보가 사람들』의 완성 뒤로 전원에 칩거하며 제2차 세계대전을 다룬 제2의 대하소설 『모모르 중령의 수기』를 집필하였으며, 이 작품을 자신이 죽은 뒤에 출판할 것을 조건으로 국립도서관에 맡겼다. 1958년 8월 벨렘에서 사망했다.
로제 마르탱 뒤 가르의 대표작 『티보가 사람들』은 1, 2차 양차 세계대전 사이에 위치한 작가가 참혹한 전쟁의 소용돌이 속에서도 20세기의 역사를 웅장한 인간 벽화로 그려낸 대작이다. 총 여덟 편의 연작 소설로 이루어진 이 작품은 신과 인간, 예술과 이념에 대한 작가의 고찰을 고스란히 보여주면서 영원히 해소되지 않을 인간 본원의 갈등을 그리고 있다.
알베르 카뮈는 로제 마르탱 뒤 가르를 "영원한 현대인으로 남을 작가", 앙드레 지드는 "20년 후에야 진정한 평가를 받을 작가"라는 찬사를 보냈다.

옮긴이 정지영은 1937년 함경북도 회령에서 출생하였다. 서울대 불문과 및 동 대학원을 졸업하고 프랑스 그르노블 대학에서 문학박사 학위를 받았다. 서울대 불문과 교수를 역임하였고, 현재 같은 과 명예교수로 있다. 저서로는 『프라임 불한사전』이 있고, 주요 논문으로는 『티보가 사람들』에 대한 다수의 논문을 비롯 「까뮈의 『이방인』에 쓰인 자유 간접 화법」, 「빅토르 위고의 시의 형식」 등이 있다. 『티보가 사람들』을 국내에 처음 완역하여 소개했다.

티보가 사람들

5부 라 소렐리나

로제 마르탱 뒤 가르
정지영 옮김

초판 1쇄 발행 2025년 10월 31일

펴낸곳 미행
출판등록 제2020-000047호
전화 070-4045-7249
메일 mihaenghouse@gmail.com
인쇄 제책 영신사

ISBN 979-11-92004-36-5 04860
979-11-92004-31-0 (세트)